JN006968

ショージ君、85歳。老いてなお、ケシカランことばかり

東海林さだお

大和書房

目次

寂しいのはお好き?

装丁◎名久井直子
本文デザイン◎二ノ宮匡
題字◎100%ORANGE
イラスト◎東海林さだお

見るもの聞くもの、腹の立つことばかり

人間、年をとると怒りっぽくなるといわれている。
確かにそのとおりだ。
年々、腹立たしいことが増えていく。
見るもの聞くもの、腹の立つことばかりだ。
右を見ては、けしからんと言い、左を見ては、なっとらん、と、一日中怒っている。
〝怒る〟結果、〝叱る〟ことになる。
叱る相手は、ふつう人間である。

ついこのあいだも、郵便局で怒っている老人を見かけた。

小さな郵便局の窓口で、一人の老人が奥のほうにすわっている局長らしい人を大声で怒鳴りつけていた。

事の発端は、郵便局側に何か落ち度があったらしいのだが、ぼくが見た時点では、郵政事業全般を叱りつけていた。

「大体いまの郵政制度はなっとらん」

というようなことを、小さな郵便局の局長を相手に、えんえんと文句をつけていた。

開店早々のデパートで、女性店員を大声で叱りつけている老人もときどき見かける。

「責任者を呼べ」

というようなことを言い、女性店員はこういう老人に慣れているらしく、ハイ、ハイと適当に相手をしていることが多い。

落語の小言幸兵衛さんは、「何か叱ることはないか」と、朝から叱ることを探して長屋中を見回ったりする。

老人の胸の内には、不平や不満やわだかまりがうず巻いて常に満タンになっている。

ガス湯わかし器のタネ火がいつも点いているようなもので、ちょっとしたきっかけさえあればただちにボッと沸騰する。

だが、こういうふうに、人間を相手に叱っているうちはまだ症状が軽い。

そのうち、犬や猫と喧嘩するようになる。

通りがかりに犬に吠えられたといって、その犬を真剣に、条理をつくして叱っている老人を見たことがある。

犬と老人は意見が嚙み合わず、平行線のまま事態は悪化していき、その家の人が出てきて両者をなだめて騒ぎはようやく収まったのだった。

カラスと喧嘩している老人もよくいる。

ゴミ集積場に群がるカラスを叱りつけ、飛び上がって電柱に難を逃れたカラスを見上げながら、なおも指さして怒り続けたりしている。

犬や猫やカラスのように、ある程度人語での交流がはかれる動物を相手にしているうちはまだいい。

ぼくの友人の家の隣家の老人は、モグラをしょっちゅう叱りつけているという。

モグラが芝生を持ち上げたといっては、そこのところを棒でバンバンたたきながら叱り続けるという。

この場合も条理をつくした、論理的な破綻もないちゃんとした意見なのだが、なんせ当の相手はすでにそこにはいないというところが切ない。

このように、生きものを相手に叱っているうちはまだいい。


石を叱っているオバサンを見たことがある。

井の頭公園を、六十をはるかにこえたオバサンの三人組が、横一列になってのんびり何事か話しながら歩いていた。

そのうち、一人が突然つんのめった。

つんのめってたたらを踏んでようやく踏みとどまった。

オバサンの表情にはまず驚きが、次にそれが怒りに変わった。

自分の後方に、土の道路から少し突出した石を発見したのである。

自分をつんのめらせたのはあの石だ。

オバサンはツカツカと石のところまで後もどりして行き、石をハッタと睨(にら)みつけ、右手の人さし指を石に向けて激しく上下させ、何事か言おうとするのだがなにしろ相手は石だ。

まだ何も言ってないのだが早くも言葉に詰まり、しかし何か言いたく、しかし相手は石だ、石語……というようなこともチラと考えたようだがとっさには思い浮かばず、

「だいたいねえ……」

と、言ったもののあとが続かず、そのとき仲間の二人が何事か言ってそのオバサンをなだめ、事件は一応収束に向かったのだった。

機械を叱りつけるオバサンもよくいる。

最近の冷蔵庫は、扉がきちんとしまってないと、ピーピーという音でそのことを知らせるようになっている。

冷蔵庫に何かをしまい、鍋を洗い始めたオバサンに、ピーピーという警告音が発せられる。

しまった、きちんと閉めてなかった、とオバサンは思い、この鍋の、ここのところのコビリツキを取ったらちゃんと閉めようと思う。

そこのところへ追いうちをかけるように、またピーピーと鳴る。

「わかってます」

オバサンは決然として、はっきりと声に出して言う。

コビリツキはもう少しで取れる。

そこのところへまたピーピーが鳴る。

「わかってるって言ってるでしょうッ」

とオバサンは大声をあげ、語尾のところを上げてわかっていることを冷蔵庫にわからせようとする。

顔は明らかに怒りの表情になっている。

そこのところへまたしてもピーピーが鳴る。

「いいかげんにしろって言ってんのッ、もう」

と怒りは頂点に達する。

石も冷蔵庫も物だ。

物ではあるが、この両者への怒りには尤（もっと）もな点もないでもない。

特に冷蔵庫のピーピーに対する怒りはビミョーなところがある。

だがこれが、相手がパンツということになってくるとビミョーなどと言っていられなくなる。

ぼくはしばしばパンツを叱る。

本当にパンツに腹が立ち、真剣にパンツを叱りつける。

人間、年をとってくると体のバランスを保つのがむずかしくなってくる。

目をつぶって両手を水平にひろげ、片足立ちで何秒立っていられるかというバランステストがある。

年をとっていると三秒ともたない。

このことは、風呂からあがってパンツをはくときはっきりする。

風呂からあがってパンツをはく段になり、パンツを両手でひろげる。

ぼくの場合は右足からはくことにしているので、ひろげたパンツの右足の穴に狙いを定める。

狙いを定めて〝構え〟の姿勢になる。

なにしろ右足をパンツの右足の穴に突っこもうとする何秒間かは片足立ちの状態になるわけだから、バランスをくずす恐れがある。

バランスをくずせば、構えの姿勢のままつんのめって横倒しになる恐れがある。

まっ裸の横倒しは恐ろしい。

若いときは〝構え〟は要らなかった。

パンツを手に取ったら、何の迷いもなくスッと右足がしかるべきところに入った。

だがいまは〝構え〟が要る。

構えながら、一回目は失敗するかもしれないと思う。

事実、これまで何回も失敗しているのだ。

失敗してつんのめっているのだ。

はたして一回目は、よろめいてパンツの右足のところではなく、パンツの中央のところに右足が突き当たってしまった。

その結果、トントンとつんのめって横倒しになりそうになった。

それをようやくこらえた。

このとき、なぜか怒りがこみあげてくるのである。

しかも激しい怒りだ。

そしてその怒りは、なぜかパンツに向けられるのだ。

パンツがいけない。

パンツのせいでこうなった。

パンツを叱りつけたい。

パンツを睨みつけるのだが適切な言葉が思い浮かばない。

パンツを叱る適切な言葉などあるわけがないのだ。そこで、

「もうッ」

と言い、もう一度、「もうッ」と言い、体勢を立てなおし、再びパンツを構え、

「こんどは許さんかんなッ」

とパンツを叱る。

人間、パンツまで叱ると、もうこわいものはなくなってくる。

この世に叱れないものなどない、と思うようになる。

水分を小まめに

人間トシをとってくると些細なことに難くせをつけたくなる。
最近で言うと、
「熱中症の予防のために小まめに水分を取りましょう」
というやつ。
このところ猛暑が続いているので、一日一回は必ずこのセリフを聞く。
このセリフのどこに難くせをつけるかというと、「小まめに」というところ。
いろんなテレビ局の画面からこのセリフが聞こえてくるわけだが、どの局も、
まるで申し合わせたかのように「小まめに」を使う。

ぼくは嫌いなんですね、この「小まめに」という言い方が。

セカセカした感じがするし、コセコセした感じもあるし、小賢(こざか)しい感じもする。

どっしり構えた感じがなくて小物感横溢。

まめな人、という言い方がありますね。

「あいつは女にまめだ」とか。

ロクな奴じゃありませんよね、こういう奴は。

その「まめ」を更に小型化したのが小まめ。

でも実際に街を歩いていると、歩きながら小まめに水を飲んでる人をよく見かける。

しきりに汗を拭きながら歩いていって、二十メートルも行かないうちに手に持

ったボトルの栓をキュイキュイと小まめにねじっては水を飲み、また小まめにキュイキュイと栓をして歩いていく。

見ていて小忙(ぜわ)しく、どう見たって大人物には見えない。

小まめがいけないと言うなら何て言えばいいのか、という話にならざるをえないが、しきりに、というのもしっくりこないし、やたらに、もちょっと違うし、ひっきりなしにもヘン。

結局、小まめに、ということになってしまって、ぼくとしては悔しいのだが、つまりこういうことでしょ、「暑さは全ての人間を小物にする」ということでしょ。

だから、いま街を歩いている人は小物ばっかりということになる。

それともうひとつ。

「小まめに水分を取れ」と言ったあと「ノドが渇く前に飲め」というやつ。

ノドが渇いた、と自覚したときに飲んだのではもう遅い、というのだ。

「これが熱中症の怖さだ」と、つけ加える。

　こうなってくると大変なことになる。

自分はいまノドが渇いている状態なのか、渇いてない状態なのか、四六時中自分に問いかけていなければならなくなる。

　何しろ「渇いている」と自覚したときは「すでに遅い」のだ。

「すでに」ということは「もはや」ということであり、「間に合わなかった」ということである。

　でも、よく考えてみれば、人間はそんなにしょっちゅうノドが渇くものではな

い。

ノドが渇いてない状態がむしろ常態なのだ。

でも、飲め、という。

そこでチョビット飲むわけだが、ノドがカラカラに渇いているときにガブガブ飲む水は天下の美味だが、渇いてないのにチョビット飲む水ほどおいしくないものはない。

子供のころ、体育の時間が終わったとたん、みんないっせいに運動場の隅にある水飲み場に駆け寄り、水道の蛇口の下に顔をナナメに突っこんで顔中に浴びるようにしてゴクゴク、ゴクゴク飲んだ水のおいしかったこと。

ノドから本当にゴクゴクという音が出て、一時間ほどはこのままゴクゴクしていられそうな気がしたものだった。

水はゴクゴク飲んでこそおいしい。

と、ここまで書いてきて、ぼくは大変なことに気がついた。

人間以外の動物たちです。

犬、猫、猿、ライオン、豹(ひょう)、牛、馬、キリン、鶴、鶏、ペリカン……彼らはことごとくゴクゴク飲みができない。

ウチでは猫を飼っているので、彼女（メス）が水を飲んでいるところをよく見かけるのだが、その飲み方のみみっちいこと。

ほんの小さな舌を水にひたし、その舌にまとわりついた水を大急ぎで口の中に持っていってノドに送りこんで飲むという方式をとっているので、一回に飲む量はたぶん０・５ccぐらいだと思う。

見ていて気の毒で、彼女らだってチビチビではなくガブガブ飲みたいと思っているはずだ。

ぼくとしても何か方法はないのかと思うのだが、ないんですね、あれ以外の飲み方は。

ウチの猫の水の飲み方は全動物の水の飲み方に当てはまる。

ライオンも豹もキリンも、水は舌でチビチビすくい取って飲むよりほかに方法はない。

ライオンなんか獲物を全速力で追いかけ、格闘し、押し倒し、ねじ伏せ、その運動量たるや、児童の体育の授業の比ではあるまい。

それでもそのあと、水はチビチビせいぜい1ccずつぐらいしか飲めない。

一度でいいから、ライオンの顔を水道の蛇口の下にナナメに突っこませ、ゴクゴク、ゴクゴクゴク思う存分飲ませてやりたい。

あ、まてよ、さっきライオンも豹もキリンも舌によるチビチビ飲みしかできないと書いたが、ワニとカバはどうしているのだろう。

ガブガブ飲もうと思えばいつでもガブガブ飲めるわけだし……。

ま、その探求はまたの機会に譲るとして、人間としてのわたくしは、当分の間、水を小まめにチビチビ飲んでこの夏をやり過ごすことにします。

懐かしきかな〝昭和の音〟

最近昭和がしきりに懐かしい。

ぼくの世代は昭和に生まれ、平成、令和と三代を渡り歩いて今日（こんにち）に至っている。

三階級制覇はどんな分野でも偉業である（と思う）。

三代のうち、人生の大半が昭和であった。

だから昭和の思い出はいっぱいある。

昭和はわが人生の思い出の宝庫なのだ。

最近はお宝番組というのがはやっていて、各家の倉からお宝を掘り出して紹介しているが、わが人生の倉にもお宝がいっぱいしまってある。

こうした古い物はときどき倉から出して虫干しをしないとカビが生えて使い物にならなくなるおそれがある。

いまちょうど梅雨（つゆ）どき。

倉から出して空気をあててやらなければならない。

懐かしーなー、昭和。

いまこうして昭和を懐かしんでいると、はるか彼方から〝昭和の音〟が聞こえてくる。

昭和の音、特に食べ物にまつわる音が懐かしい。

早朝、あれは4時とか5時ごろだったと思う、ウツラウツラしていると遠くから牛乳ビンが触れ合う音が聞こえてくる。

当時の牛乳はパックではなくガラス瓶だった。

牛乳配達の人が自転車に牛乳ビンをいっぱい積んで走りまわるガチャガチャという音が、最初は遠くから、それがどんどん大きくなっていって、ついにわが家の牛乳箱に牛乳ビンを入れる具体的な音になる。

いまわが家の牛乳箱のフタを開けた、いま2本入れた、いま自転車にまたがった、というふうに音を風景に変えながらまたウツラウツラとなる。

朝は牛乳ビンの音、そして夕方は豆腐屋のポープーというラッパの音。

ポープーも最初は遠くから聞こえてきてついにわが家の前にさしかかる。

「きょうはどーすんの?」

と子は母親に訊き、

「一丁」

の声と共に鍋をかかえて子は駆け出していく。

遠くの空は夕焼けでまっかっか。

遠ざかっていく哀調をおびた「ポープー」。

もしポープーに哀調がなかったら、派手で賑やかな音だったとしたら、〝昭和の音〟の懐かしみ方もまた違ったものになっていたにちがいない。

アイスキャンデー屋のチリンチリンも懐かしい。

夏になると自転車でアイスキャンデーを売り歩く人がいたのだ。

棒のついたアイスキャンデーを大きな箱に詰めて自転車の荷台にのせ、箱の横には「アイスキャンデー」と大書した幟(のぼり)、原っぱのところにやってくるとチリンチリンと鈴を振る。

そうするとどこからか子供が大勢ワッと寄って来てアイスを買う。

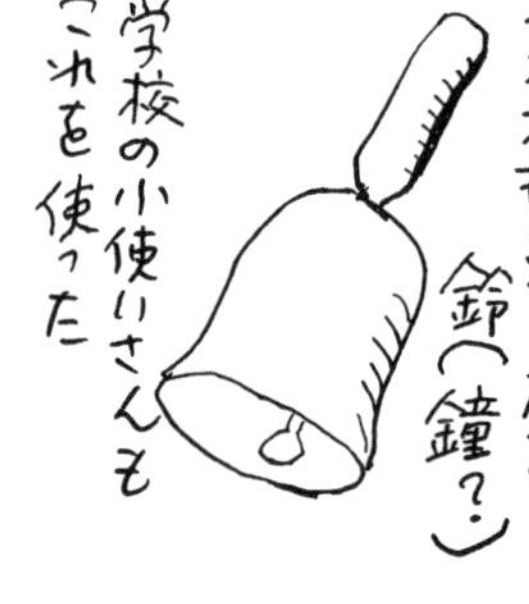

鈴と書いたがあれは鐘か？

棒のところを手で握って上下に振るとチリンチリンと音がするもの、という解説が必要で幟も原っぱも今の人には意味がわからず、このあたりになると「なんでも鑑定団」の中島誠之助氏に解説してもらう必要がありそうで、つまり、アイスキャンデー屋の鈴は、いまや「昭和のお宝」化していることを意味する。

昭和の夏は氷屋も大繁盛した。

まだ電機の冷蔵庫がなく、氷で冷やす冷蔵箱とでもいうようなものしかなかったので、各家庭、各飲食店ともに氷屋に氷を配達してもらっていたのである。だから夏になると、リヤカーに大きな氷を積んで走りまわる氷屋をあちこちで見かけるようになる。

一個の氷の大きさは墓石ぐらい大きいので冷蔵庫に入らず、これを氷屋が配達先の家や店の前で、専用の巨大なノコギリを使って二つに割ることになる。

巨大なノコギリのシャキシャキという音が魅力的、シャキシャキ飛び散る氷の細片がキラキラ光ってまぶしく、四回ぐらいシャキシャキやったあとノコギリの背中でポンとたたくと見事に二つに割れる。

それを今度は、またしても巨大な氷専用のハサミ（？）ではさんで持ち運ぶ。

まあ、この氷屋の一部始終の面白いこと。

いつのまにか近所の子供たちが氷屋を取り囲んで眺めている。

さっきのアイスキャンデーのチリンチリンでもすぐ近所の子供たちが集まってきたが、氷屋のシャキシャキにもすぐに近所の子供たちが集まってきた。

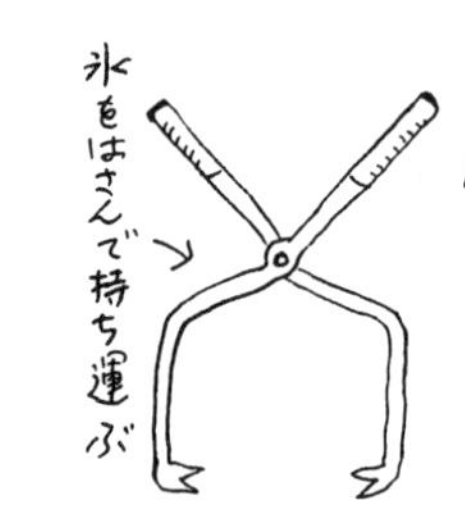

ここのところがまさに〝昭和の風景〟であることを見逃してはならない。

いまの子供たちは塾に行っていて集まることはできない。

これは食べ物にまつわる音ではないが、〝電話のジーコン〟もまさに〝昭和の音〟である。

昭和の電話はすべて黒電話ですべてジーコンだった。

全身まっ黒な電話機の送受話器をまず持ち上げて左手に持つ。

台のほうのまん中のところに円盤があってその円盤には0から9までの穴が10個あいていて、相手の番号の一番最初の数字が5なら⑤の穴に人さし指を突っこんで、右側へ指が止まるところまで回す。そのずうっとジーという音がしていてコンで元のところに戻る。

懐かしーなー、あのジーコン。

①が一番右側で⓪が一番最後。

だから相手の番号に0があるときは、ジーと右側にまわしていって止め、元のところに戻るまでがとても長く、コンをじーっと待っていたのがついこのあいだのことのように懐かしい。

ニュースタイルお節

お節と鍋は同じ食事方式である。
同じような食べ方で食べる。
誰も気がつかなかったと思うが、実はそういうことだったのだ。
鍋は一つの鍋をみんなでつつく。
お節も一つの重ね重をみんなでつつく。
鍋のほうからいこう。
四人ですき焼き鍋を割り勘でつつく、ということで話をすすめることにする。
このときの四人の胸の底にあるのは、損をしたくないということである。

いや、損だけはしたくない、と言い換えたほうが正しいかもしれない。

このときの四人の胸の底にあるもう一つのものは、体面は失いたくない、というものである。

損をしないためには、多少の醜態は避けられないので、体面の多少の損失はやむをえない。

つまり、この二つの両立はむずかしい。

体面を損なうことなく損をしない、そういう方策はないものか、と誰もが考え、しかしそれは到底無理だと考え、しかし、みんな無理のはずの方策をきちんと実践して無事今日(こんにち)までできている。

割り勘ではなく、おごってもらう場合はどうか。

上役一人が部下三人におごる場合を想定してみよう。

おごってもらうわけだから、とりあえず損をするということはない。

しかし損は発生する。

他の二人より明らかに肉の取り分が少なかった場合、これは明らかに損失ということになる。

ここでお節のほうに話題を転じる。

お節も一つの重ね重をみんなでつつくことに変わりはないが、お節を割り勘で食べるという場合は考えられない。

ま、普通は家族みんなでつつくことになる。

だが年始の客として他家を訪問する場合は、鍋とは違った複雑な問題が発生する。

年始の客は、鍋の場合と同様のおごられ

る立場になるわけだから、損得の問題は発生しない。

鍋のときよりもっと複雑な体面の問題が発生する。

主人側は、

「ドーゾ、ドーゾ、どんどんやっちゃってください。そのカズノコのあたりも、どんどんやっちゃってください」

などと言う。

そう言われて客は、そうですか、と、カズノコをどんどんやっちゃうわけにはいかない。

わざわざカズノコと指名するところに、主人側の複雑な心境を察知してあげなければいけない。

「カズノコのあたり」にも、その屈折した思いを思いやってあげなければならない。

このように、鍋もお節も、一人で食事をするときとはまるで違った節度が必要になってくる。

他をおもんぱかり、自己の主張を抑え、しかし体面さえ損なわなければ主張し、と、その場面に応じた迅速な対応に頭を悩まさなければならない。

突然ではありますが「一人用お節」というものがあります。

あるんです。

そういうものが、いま売り出されているんです。

一人暮らしの老人用、お一人様暮らしの女性用、正月に帰宅できない単身赴任のおとうさん用として、もっぱらネットで販売されている。

一人で一人用のお節を食べる。

こういう場面はこれまで想像もできなかったこ

とだが、これからますます増えていくのではないか。

一人用お節は、全体を簡略化したものではなく、あくまで本格的、ただカマボコを二枚、昆布巻きを二個、くわいを一個というふうに、数を減らしてあって、二段重ね、三段重ねまである。

本格的であるから、このまま客に出してもおかしくないわけで、実際に「来客用の一人お節」というものも販売されている。

こうなってくると、これまで述べてきた、お節をめぐる接客のゴタゴタの一切から解放されることになる。

一人用のお節を客の前に置く。

もう「ドーゾ、ドーゾ」もないし、「カズノコのあたり」問題も発生しない。

考えてみると、これまでのお節の形式、すなわち主人と客が一つのお節の重ね重をいっしょにつつくという形式はもともと無理があったのではないか。

きちんと並んでいるカマボコを一枚取ればそこに穴があく。その穴が目立つ。客はそう思うから取らないのに、主人は「取れ、取れ」と言う。主人だって「取れ、取れ」と言わないで黙っているのはヘンだから言ってるわけで、言わずに済むなら言いたくないのだ。カズノコにだって本当は言及したくないのに、逆上して言ってしまうのだ。

つまり、お節に関するこの形式は、もともと双方に無理が生じる風習だったと言えるのではないか。

その無理に日本人は気がつかなかった。

何百年も気がつかないで過ごしてきて、いま、ふと気がついたのではないか。

世相の変化というより、その無理に気がついた

結果が一人用のお節になったのではないか。

そのうち、元日の朝の食事の風景は次のようになる。

一家四人が囲んだ食卓に、一人用のお節がそれぞれの前に置いてある。

和風、中華風、洋風と、それぞれの好みのお節が並んでいて、こうなってくるとお節というよりお弁当だね。

「序で」の力

いま、世間にはいろんな「力本」が出まわっている。

『聞く力』『悩む力』『断る力』『別れる力』などなど。

力という字は不思議な力を持っていて、どんな言葉にくっつけても人を納得させる力がある。

『聞く力』という本に対して『聞かない力』という本があっても、

「うーむ、ありうるな」

と誰もが思い、買ってみるか、という気になる。

「歩く力」という本もありうる。

「走る力」という本もありうる。

「転ぶ力」も、あるよな、と思い、そうだよな、人間だもの、と思う。「力」はチカラと読んだり、リキ、リョクと読んだりする。

かつては『老人力』という本がベストセラーになった。

これだって、「老人」と「力」は馴染みそうにない言葉と言葉だな、と思いがちだが「老人力」とまとめるとちゃんと馴染む。

つまり、何が言いたいかというと、力はどんな言葉にくっつけて使ってもいい、ということ。

力に関しては、その使用方法は無政府状態である、ということ。

だから、たとえば、突然「序(つい)で力(りょく)」なんてことを言い出しても誰も文句を言えないということ。

この「序で」というのは、「何かをする序でに何かをする」という意味の「序

で」で、序でに一例を示すと、たとえば一家でコタツに入っていて、一人が立ち上がると、

「序でに新聞取ってきて」
「序でにミカン持ってきて」
「序でにお風呂の火つけてきて」

ということになる。

なぜ突然「序で力」などということを言い出したかというと、つい先日、「序で力」の実力をつくづく思い知らされたからなのだ。

ことの次第はこうです。

二、三日前、銀座に用事があって出かけて行った。

銀座の伊東屋に文房具を買いに行った。

銀座に行くことはめったにない。

せっかくの銀座である。

序でに何かすることはないか。

いま、銀座といえば新装なった歌舞伎座である。

テレビでも連日このことを取り上げて大騒ぎをしている。

そうだ、せっかく銀座に来たのだから、序でにナマの新歌舞伎座を見ておこう。

これがその日の「序で力」がぼくを襲った第一回目であった。

第一回目は、これはまあよくあることで、別にどうということはなかった。

連日テレビで騒いでいるせいもあって、歌舞伎座の前は人山の黒だかり、じゃなかった、黒山の人だかりだった。

黒山を形成しているのはほとんどおばさんであった。

人込みに押されながら建物を見上げたり、内部をのぞきこんだりしていると、入口の右隅のほうに小さな神社があるのに気がついた。元からそこにあったものらしく、古びていてどうってことない見すぼらしい神社である。

もちろん無視してもいいはずのものだ。

なのに、どうしてもその前で立ち止まってしまい、拝んでしまう。お辞儀までしてしまう。

ぼくにこの行動をさせたのは、「序で力」である。

何で自分はこんな人込みの中で拝んだりしているのか。

そのときのぼくは、「序で力」の支配下にあっ

たのだ。

「序で力」が力を発揮したのだ。

周りのおばさんたちも、わざわざ歌舞伎座を見にきたわけではなく、銀ぶらの途中、序でに立ち寄った「序で力」に支配された人々なのだ。

おばさんたちは、序でにケータイで写真を撮ったりしている。序でにその写真を友だちに送ったりしている。

建物のまん前では全景が入らないので、わざわざ道路を横断して反対側に渡って撮ったりしている。

ぼくも反対側に渡って全景を眺める。

眺めて、ふと気がつくと、自分のすぐ後ろに、群馬県の物産館「ぐんまちゃん家（ち）」というのがある。

店内には群馬県のおいしそうな特産物がズラリと並んでいる。

ここでも「序で力」が実力を発揮した。

群馬県の蜂蜜というのがあった。

群馬県の蜂が、群馬県の空を飛びまわって、群馬県の草花から採取した蜜である。

買わずばなるまい。

群馬の地ビール「川場ビール」というのがあった。

そのすぐそばに「上州名物あげうどん」というのがあった。

短く切ったうどんを油で揚げ、海苔をまぶして塩で味をつけたもので「ビールに最適」とある。

買わずばなるまい。

群馬地ビール

その日のぼくは、そのときまで群馬県とは何の関係もなかった。突如として群馬県とこのような関係を持つことになった。

それもこれも、序でに次ぐ序での結果である。周りを見まわすと、「ぐんまちゃん家」はおばさんでいっぱいになっていた。

歌舞伎座のまん前では全景が撮れないということで、こっち側に渡ってきたおばさんたちだ。

全景を撮り終え、序でに「ぐんまちゃん家」へ入ってきた序での人々である。

おばさんたちは買い物しながら、「この店の並びのすぐそばに『いわて銀河プラザ』という岩手県の物産館もあるから、序でに行ってみようよ」

と語り合っているのを聞き、

「じゃあ、ぼくも序でにそこに行ってみよう」

と思うのだった。

相田みつを大研究

名言を量産したっていいじゃないか、書けるんだもの①

誰もがそうだと思うが、ふだん、われわれは格言を必要としない。諺(ことわざ)も必要としない。

そういうものがあるということは知っているが、ふだんは忘れているし、特に思い出そうともしない。

「転ばぬ先の杖」

という格言を思い出すのは、実際に転んだときである。

あるいは転びつつあるときである。

「飼い犬に手を嚙まれる」

は、噛まれたときである。

あるいはいま噛まれている最中である。

「後悔先に立たず」

は、後悔のまっ最中であることが多い。

「金の切れ目が縁の切れ目」

は、実際にそういう目にあって、まさにそのとおりだなあ、と、つくづく感じながらこの格言を思い出す。

こうしていくつかの格言を並べてみると、格言というものは、「後悔先に立たず」が示しているように、これらの不幸に対する予防、あるいは前もってそれらを防ぐ防止策としては役に立ってないことがわかる。

では格言は何のためにあるのか。

いま窮地に陥っている人のそばにいて、

「ヤーイ、ヤーイ、ホラ、みなさい」

と手をたたいている人用につくられているのか。

格言はヤーイ、ヤーイなのか。

そんなことはない。

確かに先述の四つの格言は、いずれも〝不運用〟の格言である。

考えてみると、格言は〝不運用〟が多く、〝幸運用〟はあまり用意されていないことがわかる。

しかし、二回目、三回目の不幸には役立つ。

初回転んで「転ばぬ先の杖」を思い出した人は、次回からは「転ばぬ先の杖」を心がけるようになる。

しかもそこには世の常、人の常、していいこと、してはいけないこと、すなわち真理が含まれている。

格言集、諺辞典なる本の出版が絶えないのは、誰もがこのことを知っていて、そのときどきの状況に応じて、自分用のものを探し出して自戒とし、反省の糧(かて)として利用しているからなのだ。

格言集、諺辞典のほかに名言集というものもある。

格言、諺のたぐいは出所(でどころ)がはっきりしないものが多いが、名言集のほうは出所がはっきりしている。

名言のほうは、出所が偉い人であればあるほど多くの人に受け入れられる。

ソクラテス、デカルトから始まって、シェイクスピア、チャーチル、ピカソ、チャップリン、ケネディ、二宮尊徳、徳川家康、福沢諭吉、そして相田みつを。

なぜここに相田みつをが？　と疑問を持った人もいると思うが、そう思った人は相田みつをの業績を知らない人である。

相田みつをは、格言、名言の量産という意味においては断トツなのである。ソクラテスにしろ、ケネディにしろ、徳川家康にしろ、吐いた名言は生涯に多くて三つか四つ、多くは一人一言だが、相田みつをは無慮数千の名言、至言を書き残しているのだ。

相田みつをの本業は書家であると同時に、名言大量製造販売業でもあるのだ。

この製造販売業というのは多くの人に当てはまる。

税務署に申告するとき、ぼくは自由業ということになっているが、漫画製造販売業でもある。

小説家は小説製造販売業であるし、画家は絵画製造販売業ということになる。

相田みつをは、格言、名言界にいくつかの革命をもたらした革命児でもあることに多くの人は気づいていない。

これまでの格言、名言は、すべて上から目線の物言いであった。

いかにもエラソーに、訓戒、説諭、教訓を垂れ、教育的指導の立場をとってきた。

文体はものものしく、勿体ぶり、エラソーぶり、文語体、擬古文を用いて相手を煙に巻いていた。

内容はどれもこれも「こうせよ」という命令に近いものであった。

このように閉塞した世界に、相田みつをはどのように挑んだか。

彼の代表作に、

つまづいたって
いいじゃないか
にんげんだもの
みつを

というのがある。

先人が厳しい口調で、重々しく、

「転ばぬ先の杖」

と厳命したのに対し、

「転んだっていいじゃないか。人間だもの」

と言っているのである。

ついさっき、つい転んじゃって、自戒の念にかられていた人は、

「そうか。転んじゃってもいいんだ。人間だもの」

と思い直し、飼い犬に手を嚙まれて無念の思いを嚙みしめていた人は、

「嚙まれたっていいじゃないか。人間だもの」

と思い直し、後悔先に立たず、と、ハゲシク後悔していた人は、

「後悔したっていいじゃないか。人間だもの」

と安堵に胸をなでおろす。

新格言である。

人間すべてへの容赦。

人間すべてへの寛容。

何ともうまい路線を見つけたものだ、という人もいるかもしれない。

それじゃ何でもアリじゃないか、という声もあるかもしれない。

それらの声をすべて封じこむのが「にんげんだもの」である。

しかも「人間」ではなく「にんげん」だもの。

「人間」を持ち出されると人は緊張するが、「にんげん」を持ち出されると人間は気が緩む。

人間潤びてにんげんとなる。

人間は潤びると、あたりはうすぼんやりしてきて、どうでもよくなってき、眠くなってきて、つまずいたって、つまずかなくたって、どっちでもいいじゃないか。にんげんだもの、という気持になっていく。

相田みつをが開発した新路線はもう一つある。

それは格言界への東北弁の導入である。

野田首相相誕生のきっかけとなったといわれる、

どじょうがさ
金魚のまねすることねんだよなあ
みつを

にも東北弁が用いられている。

この「どじょうがさ……」のほかにも、東北弁はあちこちに多用されていて、相田氏の名言に独特の雰囲気をただよわせている。

これまでの格言は謹厳、荘重を旨としていたから、これはショッキングな出来事であると同時に、人々は格言、名言に急に親しみを持つようになった。

温かみを感じるようになった。

かしこまって拝聴するものでもないことを知った。

冒頭の「どじょうがさ」の「さ」が効いている。

これまでの名言のたぐいに、このような話し言葉としての「さ」はありえない。

相田みつをが、なるべくくだけてものを言おうとしている意図が読みとれる。

それに、選んだのが東北弁であったことも正解だった。

相田氏が栃木県の生まれではなく、大阪の人だったらどういうことになったか。

「どじょうがよ

金魚のまね
することおまへんねん
なあ」
では名言にならない。
「つまづいたって
ええやおまへんか
にんげんでんねん」
では売り物にならない。

相田みつを大研究

名言を量産したっていいじゃないか、書けるんだもの②

相田みつをの本はたくさんあるが、それらをひととおり読んでぼくは一つの発見をした。

相田みつをは時代に先駆けたツイッターなのであった。

相田みつをの時代はまだケータイがなかった。

彼は書でツイッターをしていたのだ。

ツイッターは、そのときそのときのちょっとした思い、思いつき、感想、つぶやきをケータイで伝えるのだが、彼はそれを筆で書いて伝えた。

どんどん書いて伝えた。

つぶやきだから、いくらでも量産がきく。

というのがある。

この前に何かあるのか、それとも途中なのか、後ろに何か続くのか、本人はそのままでいいと言っているわけだが、現代のツイッターといえどもこのままでは発信しない。

しかし相田みつをのすべてのつぶやきは、最後のところに、「にんげんだもの」をつけ加えるようにつくってある。
たとえ書いてなくても、読んだ人が勝手につけ加えるようにつくってある。
だから、これとても、

そのまま
いいがな
にんげんだ
もの
みつを

とすると、俄然、誰もが深くうなずく。
頭(こうべ)を垂れてしばし沈黙する。
さすが、にんげん相田みつを、と瞑目(めいもく)する。

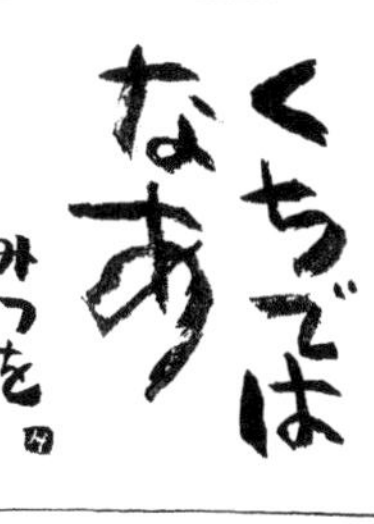

相田みつをは数々の格言風のものを発表しているので、格言家とみなしている人も多いと思うが、
「これではなあ」
と思った人も多いのではないか。
いくらなんでも、これでは、この後に「にんげんだもの」をつけ加えるには無理がある。

これではつぶやきを超えて、独り言、寝言に近いといわざるをえないのだが、ちゃんとサインをしてハンコまで押しているところがエライ。

相田みつをファンは全国にいっぱいいいて、相田みつをの書の本、相田みつをカレンダーなどが売られている。

相田みつをのファンは偉い人が多い。

偉い政治家、偉い会社社長、偉いプロ野球監督などが、相田みつをの本をたくさん集め、あるいは日めくりカレンダーを購入し、毎日それをめくり、その日の言葉を深く心に刻み、きょう一日の心の糧とする人が多い。

そういう人が、ある日カレンダーをめくる。

すると、ハンコつきの、

が出てくる。

そういう人たちは、

「これではなあ」

などとは決して思わない。

カレンダーをめくったとたん、深く頭を垂れ、瞑目し、「そうなんだよなあ。

にんげん『口ではなあ』なんだよなあ」と感動し、そのカレンダーにパンパンと柏手をうってから仕事を始める。

何だかわからないのだが何かがあるような気がする。しかもその何かはとてつもなく重く、大きいことのようにだんだん思えてくる。

サインとハンコがこの役目を担っているのだ。サインとハンコ、それともう一つ、あのにょろにょろした書体もまた大きな役割を果たしている。もし相田みつをの書体が、かっちりした楷書で、しかも達筆、能筆であったら……。

あの、ねじねじと縋（すが）ってくるような、決してお手間はとらせません、すぐ済みますから、というような、相手の警戒を何とかして解こうというような、あの書体にみんなやられる。

次々にやられる。

馴れ馴れしさも相田みつをの作品の特徴の一つである。

格言のようでいて格言でなく、詩のようでいて詩でなく、書のようでいて書でないあの独特の文字と文体。

「どじょうがさ……」の例の作品の最後は、「ねんだよなあ」で終っているが、「だなあ」でしめくくっているものが多く見うけられる。それと、「アノネ」で始まるものもいくつかある。

「アノネ」で始まり「だなあ」で終る。

自分の
うしろ姿は
自分じゃ
みえねんだ
なあ
みつを

アノネ
にんげんはね
あすの
いのちの
保證された者は
一人も
いないんだよ
みつを

というように。

「アノネ」と「だなあ」をつけると、どんな文章でも相田みつを風になる。

枕草子はこうなる。

「春は曙（あけぼの）なんだなあ」

これにアノネをつけると、

「アノネ、春は曙なんだなあ」

となり、

「そうなんだなあ」

となって、誰もが大きく頷くのである。

頭のふりかけ購入記

薄毛はモウこわくない①

人間歳をとってくると生老病死が身近な問題になってくる。
四苦のうちの二苦が重要なテーマとなって迫ってくる。
老と病である。
老と病が主として頭部を襲ってくる。
頭部の内側と外側を直撃してくる。
内側のほうは呆け（ぼけ）である。
こっちのほうは、まあ、あんまり気にしていない。
症状もうすぼんやりしているし、気にしなければしないで済む。

問題は外側である。
頭部の外側には何があるか。
毛髪である。
その毛髪が病む。
病んで元気がなくなってくる。
元気がなくなるだけならいっこうに構わないのだが減少してくる。
この減少がつらい。
すなわち地主が病む。
髪の毛を生やしている地主は心穏やかでない。
はっきり言ってしまおう。
薄くなってきたんだよ、てっぺんのところが！
しかもどんどん薄くなっていってんだよ！

困ってんだよ、もう、本当に！

何とかしなければ、と、ずうっと思ってきた。

数年前までは、手鏡を頭のてっぺんのところに当てては、

「何だか薄くなってきたようだな。ハハハ」

などと笑っていたのだが、そのうち「ようだ」が取れて、

「何だか薄くなってきたな。ハハハ」

となり、そのうち「何だか」が取れて、

「薄くなってきたな。ハハハ」

となり、そののち「ハハハ」も取れ、事態はどんどん深刻になっていった。

冗談じゃなくなってきたんだよ、本当に！

ここで一言断っておきたいのだが、池上彰さん

という人がいますね。

「いい質問ですね」の人。

あそこまではいってませんからね、ぼくは。

こう思ってください。

あの人のあの面積をまず半分にしてください。

そしてそこのところに、そうですね、千本ほども毛を植えた状態……といってもわかりづらいか。

スダレってよく言いますよね。

あれではありません。

スダレよりもはるかに濃く、真上から光を当てれば「薄いな」と自分でも思うが、光さえ当てなければ「普通だな」と思う程度の薄さ。

薄くないとは言ってませんよ。

薄いことは薄いけれども、ちょっと見ではわからない程度の薄さだと、こう言ってるんですッ、もう。

そういうわけなので、一応いろいろな対策は講じてきた。

リアップ、スカルプ、柑気楼、ナントカ昆布のカントカなどなど、塗るべきものはすべて塗り、噴霧すべきものはすべて噴霧してきた。

だが、悲しいかな、これら一群のものはわが趨勢を押しとどめることはできなかった。

もはやこれまで。

この後の人生をこのままの状態で過ごしていくことになるのか。

いやいや、このまま、ということはありえない。

いずれ池上彰状態、いや、相撲協会理事長（第11代）の放駒親方状態に発展する可能性もある。

悶々（もんもん）として眠れぬ夜もあった。

その日も悶々として眠れず、深夜まで悶々とテレビを見ていた。

ＢＳ放送だった。

ＢＳ放送、別名コマチャン。

朝から晩までコマーシャルを垂れ流しているチャンネルであるから、そのときもコマーシャルにつぐコマーシャルだった。

画面にタキシードを着用したおじさんが出てきた。

人の良さそうな、やや太り気味なおじさんで、このおじさんは画面に向かってしきりに頭を下げる。

頭を下げると当然のことだが頭のてっぺんが画面に映し出される。

このおじさんのてっぺんは小さくはあるが丸く禿げている、というか、かなり薄くなっている。

会社で不祥事があると、会社の幹部がズラリと並んで謝罪会見というものをやる。

そして全員がいっせいに頭を下げる。

ぼくはいつもあれを見ていて、

（見せびらかしているのかな）

と思うほどみんなてっぺんが薄い。

そのおじさんの場合は明らかに見せびらかすために頭を下げているのだった。

頭を下げて、しきりにそこのところを指さしたあと、おじさんは小さな筒状のものをその部分にかざし、ちょうどふりかけ海苔をふりかけるように何回かふりかけるのだった。

すると、その薄い部分が次第に黒くなっていき、ついにはまっ黒という状態になった。

丸くて薄い部分が消えてなくなったのだ。

その小さな丸い筒は、ゴハンではなく「頭のふりかけ」だったのだ。

ぼくは布団から飛び起きた。

飛び起きて紙とエンピツを持ってくると、画面の右上のところにさっきからずうっと映っている0120-556……という電話番号を書きとった。

タキシードのおじさんの説明によると（なぜタキシードを着ているかは不明）、そのふりかけは、長さ0・3〜0・5ミリの植物系の繊維で、これをバーコード状の髪の毛の下側に降り積もらせて堆積させる。

そしてその上にそうっとバーコードを乗せる。

そうすると、地肌は完全に隠れているわけだから、上から見ると全体が髪の毛のように見える、という仕掛け。

「ふりかけただけだとすぐに飛び散ってしまうのではないですか」

と、いま真剣に心配したあなた、膝をのり出してきましたね、かなり薄いようですね。

大丈夫です。ふりかけをふりかけたあと、ヘアー・ミストというものを噴霧して定着させる。

ふりかけたとき、肩などにもふりかけがふりかかると思うけど、それは大丈夫なんですか、という問いには、タキシードのおじさんが、

「こうしてパッパッと手で払うと、このように落ちます」

と画面から説明してくれる。

ヘアー・ミストで定着してあるから、汗、雨、風にも大丈夫、雨の場合は、ホレ、このように、と、おじさんは水までかぶってくれる。

さあ、あとは0120-556……に電話をかけるだけだ。

頭のふりかけ購入記

薄毛はモウこわくない②

ぼくはもともと通販の通である。

通販歴は長く、その昔シークレットブーツが流行ったころから通販を利用していて、靴以外にもセーター、ジャンパー、ちょっとした棚、健康器具もいくつか購入している。

ただ、これまでの通販購入はすべてファックスを利用していた。

通販に直接電話をかけたことは一度もない。

0120に直接電話をかけるのは生まれて初めてなのだ。

電話をかけるとそのあとどういう展開になっていくのだろう。

通販番組を見ると、客からの電話を受けている場面がよく出てくる。

体育館どころではないものすごく広々としたフロアに、何百人という人がいて電話を受けている。

しかもこれが全員女性なのだ。

しかも、はるか遠くのほうはいざ知らず、手前のほうは全員若い女性なのだ。

０１２０に電話をすれば、当然そのうちの一人がぼくの電話に応対してくれることになる。

いざ電話をする段になって、若い女性、というのが少しネックになった。

物が物である。

若い女性には知られたくない事情をかかえている身の上なのだ。

最初ちょっと世間話などしたほうがいいのだろうか。

「目下の症状は？」

などと訊かれるのだろうか。

まるきり毛がない場合は無効だから当然訊いてくるにちがいない。

電話を前にして、何だかドキドキしてくる。

最初どう切り出せばよいのか。

「テレビで見たのですが、御社の製品を購入したい、このように思っている者なのですが」

と書いたメモを左手に持ち、まてよ、「テレビで見た」は要らないのではないか、と思い線を引いて消す。

結果だけ書きます。

電話に出たのは若い男（声からして）だった。

いきなり氏名、住所、電話番号をたずね、色は黒かブラウンか、当社の製品を何時ごろのＣＭで知ったのか、十日か十五日後に製品が到着します、と、あっというまに注文は終った。

世間話の余地はなかった。

それにしても、何百人といたあの女性たちはどこへ行ってしまったのだろう。

忙しかったのだろうか。

十日ほど経って、小さな箱に入った頭のふりかけが到着した。

説明書と、粉末の入った筒とスプレー缶が一本ずつ入っている。

ウム、ウムとうなずき、うむ、うむと説明書を読み、ふりかけのほうを少し白い紙の上にふりかけてみる。

味の素の容器に似ており、一つ一つの穴の直径は1ミリもない。

フワリと粉末は紙の上に広がり、虫めがねで見ると繊維の一つ一つはおそろしく細く小さく、そして軽いことがわかる。

ではでは。

何だかドキドキする。

洗面台の鏡の前に行き、手鏡と合わせながら、薄いところ、とは言ってもぼくの場合はそれほど薄くはないのだが、そこのところ目がけてコツコツ（容器のフチが頭の骨に当たる音）とふりかける。

一回、二回、三回、おおっ、黒くなっていく、薄いところが濃くなっていく。

ほんとにもう見る見るうちに黒くなっていく。

やったね、と小躍りし、ワーイ、ワーイと小さな声で言い、手鏡をしっかり近づけ、しみじみと見つめる。

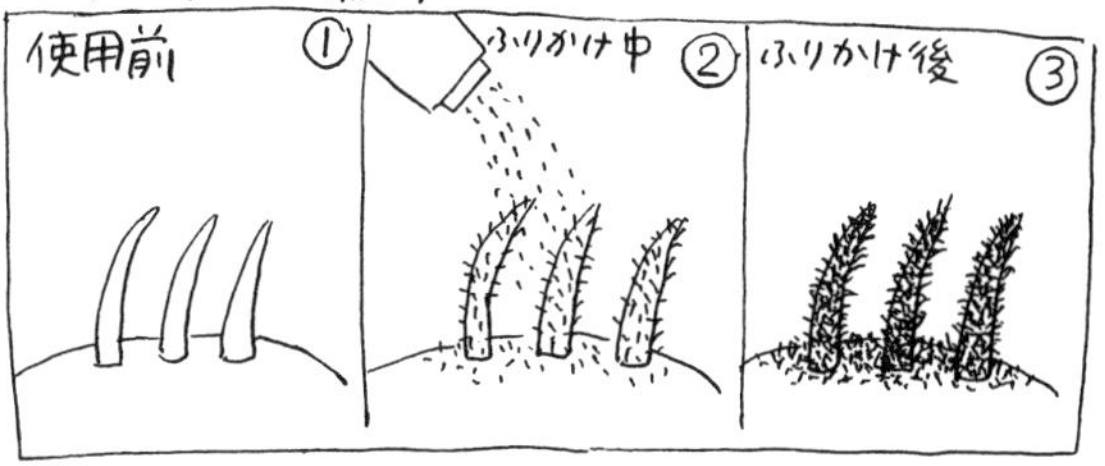

ふりかけの仕組み

使用前 ①

ふりかけ中 ②

ふりかけ後 ③

ようく見ても、ふりかけをふりかけたとはとても思えない。

ごく自然な毛髪、ふさふさと豊かな黒髪、昔はこうだったんだよね、と、しみじみと昔をふりかえり、もう一度頭を下げ、もう一度てっぺんを見つめる。

更に四回、五回、てっぺんはまっ黒になった。

さっき膝を乗り出してきた人、読んでますか。

もう大丈夫ですよ。

それから不祥事で頭を下げていた人たち。これからは安心して頭を下げられますよ。

肩のあたりに散ったふりかけも、手で払うとすぐに取れる。

ぼくの場合は、ホラ、そんなに薄いほうじゃないから五回でまっ黒になったわけだが、タキシードのおじさんは七、八回はやっていたように思う。

まっ黒になったのを確かめて、ヘアー・ミストをシュッシュッ。

それにしても何という嬉しさだろう。
たったこんなことで、こんなにも嬉しく、こんなにも青春がよみがえるとは。
いや、青春はちょっと無理かな。
本当のことを言います。
これまでずうっと気にしていたのです。
たとえば食事などで椅子にすわりますね。
居酒屋なんかだと畳にじかにすわったりしますよね。
そうなると頭の位置は更に低くなりますね。
その横を人が通りますね。
その人が若い女性だったとしますね。
居酒屋だと、テーブルの上には電灯があります

ね。


電灯の光が頭のてっぺんのところを照らしますね。

本当にもう、身のすくむ思いだったのです。

見たな、という思いだったのです。

これからは堂々と、見るがいい、という態度で居酒屋のテーブルにすわることができる。

見るがいい、一度言ってみたかったな。

これからは何度でも言うぞ。

更に本当のことを言います。

自分の頭のてっぺんの薄さの程度について、ちょっと見ではわからない程度の薄さ、と最初のほうで言いましたよね。

あれ、訂正します。

本当は、ちょっと見でもわからなくはないが、ほんのちょっとその気になって見ればすぐわかる程度、と訂正します。

何だかこう、心がおおらかになってきたんでしょうね。

何事も正直に。

何事にも心を開いて。

それにしてもこの商品について一つだけ不思議なことがあった。

それは例のタキシードのおじさんの頭のことだ。

このおじさんの頭は商品にぴったり合った禿げ方をしている。

商品がこの頭にぴったり、という言い方をしてもいい。

このことが実に不思議でならなかった。

面積といい、スダレのスダレ具合といい、これ以上面積が広いと製品に適さないし、これ以上スダレてもいけないという、絶妙の禿げ方をしている。

この禿げ具合が製品を生んだのか、製品がこのおじさんを呼んだのか。
パンフレットには、
「当社の社長は30歳のころから薄毛で悩み続け……」
という文言がある。
タキシードのおじさんはこの会社の社長さんだったのである。
社長みずからCMに出演していたのだ。
天はみずから助くる者を助く。
たたけよ、さらば開かれん。
ふりかけよ、さらば塞(ふさ)がれん。

葛湯の実力

雪の降る夜に飲む飲み物は何がいいか。
雪見酒というのがあることはあるが、そういうんじゃなくて普通の飲み物。
窓の外は雪しんしん。
街の音、雪に吸い込まれてひっそり。
何かあったかい物飲みたいな。
湯気の立つあったかい器を両手で抱えるようにして持って、窓の外の雪景色を
見ながら飲む飲み物。
だんだん心がしみじみしてくる飲み物。

空から無数の白い物が落ちてくるというのは明らかに異変。

雨なら当然だが雪は異変。

異変ではあるが嬉しい異変。

ときにはメルヘンであり、あるときはロマン。

そういうときに、心しみじみ飲む飲み物は何がいいか。

「豚汁なんかいいんじゃないかな」

という人は無視。

かといって、コーヒー、紅茶、渋茶、ウーロン茶、ルイボスティーは、せっかくの雪の日には味気なさすぎる。

コーヒーなどは、しみじみするどころかカフェインで興奮してしまうじゃない

ですか。

あくまで〝しみじみ〟が本筋。

葛湯。突然浮上。

葛湯は刺激的なものは一切なく、味も温度も舌ざわりもすべてほどほど、ほんのり、ゆるやか、ひっそり、しんみり、雪の夜のしみじみにぴったりではないか。

「そうだ　京都、行こう。」じゃなくて「そうだ葛湯飲もう」。

あったんです、台所の引き出しの奥のほうに、ずーっと前に飲んでた葛湯の箱が。

粉末で一回分ずつ小袋に入っていて意外に量が多くて一袋が大サジ三杯分ぐらい。

〝しみじみの夜〟に向かって出発進行。

大ぶりの湯のみ茶碗を選ぶ。

こと葛湯ということになると把手（とって）のついている器は避けたい。

両手で抱えるようにして持って飲みたいから。

湯のみに熱湯をそそぐ。

立ちのぼる大量の湯気。

器にお湯をそそげば湯気が立ちのぼるのはあたりまえなのに、

「あー、湯気！」

と感激する。

雪の降る夜、という、普段と違う夜だからだろうか。

器の中のお湯をスプーンで掻きまわす。

すると、ただのお湯を掻きまわすときと違った抵抗を感じる。

葛湯のトロミが示す抵抗。
この抵抗がなぜか嬉しい。
掻きまわす速度がいつのまにかゆっくりになっている。
このゆっくりがこれまた嬉しい。
葛湯のトロミの動きって何だか嬉しいんですね、何でだかわかんないけど。
トロミの動きって優しさを呼ぶ動きなのかな。ゆっくりがいいのかな。
激しい動きを許さないんですね、葛湯のくせして。
掻きまわし終わってスプーンを引き抜く。
動きが静まったところで色を見る。
これがまた〝和の風景〟なんですね。
色があるような、ないような、半透明、乳白色。
昔のお姫様が顔を隠すためにかぶっていた絹のような、うんと薄く溶いた糊をうんと柔らかい刷毛で白い紙の上をサッとはいたような、飲み物に品というのはヘンな言い方だが、品があるんです、葛湯には、飲み物のくせして。

コーラやサイダーに品はあるでしょうか。

また品を求める人はいるでしょうか。

青汁とかトマトジュースに、人々は効能は求めるが品は求めない。

その品を、葛湯は生まれながらに身につけているのだ。

ぼくは少しずつ、葛湯のファンになっていく自分を感じるのでした。

では、いよいよ飲みます。

予定方針どおり、葛湯の入っている大きい湯のみを両手で抱えるようにして持つ。

口のところへ持っていく。

湯気が、顔に、目に、耳のあたりまでまとわりつく。

一口飲む。

「アー！」

こらえようとしてもこらえきれない声が出る。

ビールを飲んだときも「アー！」が出るが、あのときとは違う品のある「アー！」が出る。

アー！　ナンダロこの口ざわり、この舌ざわり。

舌の上に普通の飲み物にはない重みを感じる。

トロミの重みであろう。

重みを感じる飲み物。

その重みに味がある。

味覚には甘味、酸味、苦味、塩味、とあって、最近はうま味も加えるようになったようだが、い

ずれそれに重味を加える日がくるのも遠い話ではないかもしれない。

葛湯はトロミのせいで、口の中をゆっくり進む。

なめらかに、おだやかに、ゆったり、ゆるゆる通過していく。

その温かいゆったりの流れが、人の心をしみじみさせるのだ。

雪の降る夜の飲み物は、葛湯が正解だったのです。

豚汁だったらしみじみの夜にはならなかったはずです。

それもこれも葛湯の実力。

葛湯の実力はトロミとして発揮される。

げに恐るべしトロミの力。

トロミがトロ味として味覚の一つに加えられる日もそう遠いことではないかもしれない。

遠ざかる青春

懐かしき早稲田の街を歩いてみれば①

誰にでも青春があった。
青春がなかった人はいない。
と、ここまで書いて、ハッとなった。
過去形で書いている。
何のためらいもなく過去形で書いている。
いま青春まっ只中にいる人が青春について書くならば、
誰にでも青春はある。
になる。

人は人生のどのあたりから青春を過去形で語るようになるのだろうか。

人生は大きく分けて、赤ん坊時代、幼年時代、少年（少女）時代、青春時代、中年時代、老年時代に分けられる。

最近はこのあと認知時代というものを加える人もいる。

人によっては、人生全体を、認知以前時代と認知以後時代に大別するようだが、その話は別の機会にゆずるとして、この本を読んでおられるのは老年時代の方々が多いと思う。

いま、どう思ってますか？　自分の青春時代を。

「確かにあったなあ、オレにも青春時代が」

だから言ってるでしょ、誰にでも青春があったって。あったんです、あなたにも間違いなく青春が。

「でも急にそんなことを言われてもなあ。ちょっと待って。いま入れ歯を洗ってるところだから」

ということになると思うのだが、入れ歯を洗ったあとでいいから、ちょっと振り返ってみましょうよ。

ぼくの友人は、当然のことながら老年時代の人が多い。

会社を定年になってすでに十数年。

そういう人たちと、いっしょに酒を飲みながら出る話題といえば、年金の話、病院の話、持病の話、持病を共有する人たちと共通の薬の話、老人施設の話、お墓の話、最近は遺言がブームらしく遺言の話になっていく。

自分の葬式はこうしたい、ああしたい、いや自然の成り行きにまかせたほうがいい、などと、ここで議論が白熱する。

とても青春時代の話が出てくる雰囲気ではない。

誰かがそんな話を持ち出したら、

「いまはそれどころじゃないのッ」

と一喝されるだけだ。

青春時代のことは老人たちに最も馴染まない話題と言える。

最近自費出版が盛んだと言われている。自分の半生を自分で書いて自分で本にする。

けっこうお金もかかるらしいが、ぼくのところにもそうした本がときどき送られてくる。

酒の場の話題は、先述のようにどうしてもお互いの直近の生活状況に関するものになりがちである。

自分の半生を、一度、順序を追ってきちんと振り返ってみたい。

その思いはトシと共に強くなっていくようだ。

それが自費出版につながっていく。

自費出版で一冊の本にすれば、ちゃんと手に取ってちゃんと自分の半生記を読んでもらえる、と思っているようだが、話は逆で、一顧だにされず、ただちに古紙回収の束の中に押し込まれる。

だが当人は決してそうは思わないところに自費出版の不思議があり、自費出版はあとを絶たない。

大抵、生い立ちから書き始める。

どこでどう生まれ、どう育って現在に至ったか。

つまり自伝である。

ということは自叙伝である。

出版界には偉人伝という分野がある。

エジソン伝、リンカーン伝、野口英世伝、シュバイツァー伝など、偉人の生涯を書いた本で、子供のころ、

「すげーなあ、この人たち」

と思いながら読んだものだった。

自費出版の人たちも、多少、少なからず、いくらか、多かれ少なかれ、そうした本の影響を受けざるをえない、というか、受けがちである、というか、そういう傾向がなきにしもあらず、というような書き方になる。

自分と偉人の間には大きな境目があることはじゅうぶん承知しているが、偉人とは【立派な仕事をした人】という意味もあるので、その境目はかなり広範囲であるはずだから、自分もその広範囲のところに持っていこうと思えば思えないこともないような気がしてきて、終盤のころはすっかり偉人伝になっている、とい

うものが多い。

ぼくの友人にも、自費出版に興味を示す人が多い。実際に出版した人もいる。自伝には当然のことながら青春時代のことも書くことになる。

日に日に遠ざかっていく青春。

記憶がおぼろげになっていく青春。

いざ自伝を出すときになって、思い出そうとしても思い出せない青春。

仲間うちで酒を飲み交わすとき、お墓の話ばかりしないで、たまには青春時代の話を取り入れてみてはどうでしょうか。

と思って、そういう場で隙を窺っては話を持ち出そうとするのだが、その都度、

「いまはそれどころではないッ」

と、いうことになって、その都度、一同は葬式の話に戻っていく。

青春を熱く語る老人はもはやどこにもいないのだ。いまのうちに青春を語っておかないと、このあといつのまにか認知症の症状が始まり、その症状は次第に深まっていくこともありうる。

もしかしたら、いまが自分の青春を再検証するラストチャンスかもしれない。

そうだ。

いいこと考えた。

いま、この場を借りて、ここでわが青春を語ってしまおう。

はなはだ申しわけないことではあるが、そういうことになりました。

では語り始めます。

森田公一とトップギャランの歌に、

〈青春時代が夢なんて
あとからほのぼの思うもの
青春時代のまん中は
道にまよっているばかり〉

というのがあります。
ぼくの青春はまさに道にまよっているばかりでした。
そうして躓(つまず)いてばかりでした。
相田みつをさんは、

つまづいたっていいじゃないか

にんげんだもの　　みつを

などと無責任で呑気なことを言っているが、それは当人じゃないから言えること。ちゃんと躓いて、ちゃんと転んでいる当人のことを真剣に考えたうえでの発言とは到底思えない。

JASRAC 出 2209644-201

遠ざかる青春

懐かしき早稲田の街を歩いてみれば②

ぼくの将来は小学生のころからすでに決まっていた。
それは漫画家になることだった。
大学はできることなら東大に入りたかった。
なぜかというと、日本では東大卒の漫画家がそれまで一人もいなかったからである。
「日本初の東大出の漫画家!!」
として華々しくデビューしたかったのだ。
だがそれは様々な理由によって不可能だったので、せめて早稲田、それも早稲田一の最難関、政治経済学部に入りたかった。

「日本初の早稲田大学政経学部出の漫画家！」

これも様々な理由によって不可能となり、その他多数の学部を受けたなかの滑り止め、文学部露文専修というところに落ちついたのだった。

落ちついたのではあるが心の中は落ちつかなかった。

自分は将来漫画家になるのであるから、大学はどこを出たっていいんだ、と自分を慰めたのだが、この「出」のところに大きな誤算があった。

そう簡単には出られなかったのだ。

当時は受験情報が乏しい時代で、そういう情報は旺文社発行の「螢雪時代」から得るより他なかった。

露文というのは、ドストエフスキーとかチェーホフとかの作家のロシア語の原文を日本語に翻訳した本を教科書として勉強する学科だとすっかり思いこんでいた。

入学してすぐ、ロシア語しか書いてない教科書をどっさり買わされて呆然となった。

そしてただちに卒業は諦めたのだった。

この「ただちに」というところが、いまにして思うと、潔かったな、と感心する。

そうしてやがて中退（正確には除籍）という身分に落ちつくことになる。

この、入学から除籍に至るまでの苦しさは筆舌に尽しがたいものがあって、いまでもときどき夢に見るほどだ。

露文は左翼系の学生が多く、教室では朝からそ

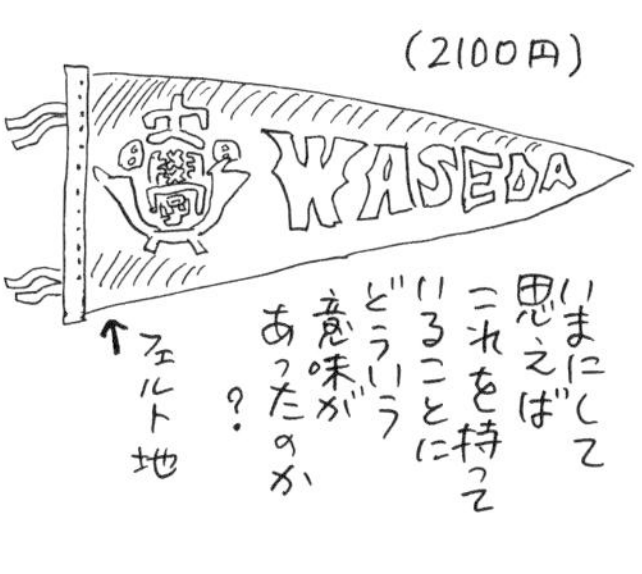

(2100円)
WASEDA
↑フェルト地
いまにして思えばこれを持っていることにどういう意味があったのか？

っちのほうの議論が戦わされていて、ただ呆然とその中にいるだけだった。

そう、それからいろんなことがあった。

たとえば……と、そのあたりから一つ一つ思い出そうとするのだが、老境とは恐ろしいものですべての記憶がおぼろになっている。

すでにはるか遠くへ遠ざかっている青春。

遥かなり青春。

そうだったのだ。

同じ年代の仲間との酒席で、青春時代の話が出てこないのはこういうことだったのだ。

すべて、済んだことなのだ。

彼らの頭の中に㊮というハンコが押してあったのだ。

まずいな。

せっかく青春を語り始めたというのに、ブツが出てこないことには話が始まらないではないか。

どうしたらいいのだろう。

そうだ。

何か事件があって捜査が行き詰まったときは、「現場に戻れ」という鉄則がある。

ぼくにとって青春の現場は早稲田大学である。

青春の拠(よりどころ)は早稲田であった。

そうだ、現場に行ってみよう。

現場に行けばブツが出てくるかもしれない。

現場はすっかり様変わりしていた。

ぼくらのころの建物は五階までが多かったが、いまは十階建て、十五階建ての建物が林立している。

エレベーターがある。エスカレーターがある。

そんなの当たりまえだろ、と言うかもしれないが、老生にとっては、大学にエスカレーター⁉　大学にコンビニ⁉　と、いちいち驚くことばかりなのだ。

国際教養学部というのがあるせいか、構内に外国人学生の姿が目立つ。

風景は一変していたが変わらないものが二つあった。

大隈講堂と大隈重信像である。

集まり散じて人と建物は変われど、この二つだけは昔のままだった。

母校というものはやはり懐かしい。

こうして母校の中にいると心が温まる……と、心を温まらせていて不意に思った。

母校？

母校というのは【自分が学んで卒業した学校】のことである。

いつか、ショーンK氏という人が学歴詐称で問題になったではないか。

そこから急に態度がコソコソしはじめた。それまで道の中央を歩いていたのに、急いで端に寄った。

ビクビクしながら歩いて行くと、懐かしの金城庵(きんじょうあん)があった。

*三朝庵があった。ここはカツ丼が旨かった。

高田牧舎があった。ここでよくコーヒーを飲んだ。

金城庵も三朝庵も昔ながらの蕎麦屋で、ぼくらのころは木造二階建てだったが、いまはいずれも五、六階建てのビルになっている。

漫研のコンパはいつも三朝庵でやった。そのころのコンパの会費は５００円だった。

メニューはいつもカツ丼とカマボコとタクアンだけだった。

宴席には園山俊二の笑顔があった。

福地泡介のニヒルな表情もあった。

二人共、もう二十年以上も前に亡くなっている。

そうなんだなあ、あれからもう二十年も経ったんだなあ、と思う。

茫々二十年。

漫コン（漫研のコンパ）の
三朝庵こそ恋しけれ
友の恋歌カツ丼のタクアン

そうそう、水野帽子店はどうなっただろう。

当時は入学すると、まず水野帽子店に行って角帽を買ったものだった。

角帽に詰め襟の学生服が当時の正装だった。

当然といえば当然だが、水野帽子店はすでになかった。

だが角帽そのものはまだ存在していた。

早大東門前の大隈通り商店街の入口のところに、記念ペナントオギワラという店があって、その店の店頭に角帽がたくさんピカピカと並んでいた（８１００円）。

ピカピカと並んでいる角帽をしみじみ見る。

こんなものをかぶって毎日電車に乗っていたのだなあ、と、しみじみ見る。

かつて日用品だったものが、いまは鑑賞品となっているのだ。

ＷＡＳＥＤＡという文字入りの、三角形のペナントも買った（２１００円）。

青春の思い出として買った。

当時はこのペナントを勉強机の横の壁に画鋲で貼っておくのが常識だった（画

鋲も懐かしい)。

高田牧舎は洋食とコーヒーの店だったが、いまはピザが売り物らしく、店の前にたくさんの薪の束が積んである。

そうか、ピザか、と、今昔の感ひとしお。サバの塩焼き定食とカレーぐらいで、貧乏の雰囲気が横溢していた学生食堂は周囲ガラス張りのサロンと化しており、メニューにカタカナがズラリと並んでいる。

三朝庵で懐かしのカツ丼を食べることにした。

ちょうど昼食どきで店内はほぼ満員。

あちこちに外国人学生がいて、英語、イタリア語などが聞こえてくる。

ロシア語は聞こえてこないので心が安まる。

三朝庵のカツ丼は旨かった（７９０円）。

カツとワカメの吸い物とタクアンが四切れ。

ふつうの店では、カツ丼のタクアンは三切れで、それを横にずらしてきれいに並べて出てくるが、三朝庵は四切れ、それも乱雑に。

四切れで、乱雑、というのがよかった。

いかにも学生街のカツ丼、という感じがした。

三朝庵のカツ丼は比較的小ぶりではあったが、老体の胃にはかなりこたえた。

青春、再び帰らず。

老境、来る、卒然。

＊三朝庵は２０１８年に閉店

焙じ茶をめぐる冒険

どういうわけか焙じ茶の匂いが好きで、その匂いがしてくると、

「あー、いーなー」

と思ってしまう。

思ってしまう、という言い方をしたのは、焙じ茶の匂いを「いーなー」と思うことは別にいけないことではないのだが、たとえば松茸の匂いを「いーなー」と思うのとは、明らかに格が違うからである。

焙じ茶は、お茶の世界では、格が一番下で、大切な客には出してはいけないことになっている。

お茶はお茶なのだが、どちらかというと麦茶に近く、その香ばしさには独得なものがあってぼくは好きなのだが世間の評価はとても低く、こんな大したことないものの匂いを「いーなー」と思うなんて、この人大した人間じゃないなー、と思われるにちがいなく、そこらあたりのことを危惧して、くどくどと言い訳をしてきたと、こういうわけなのです。

いまお茶屋さんは銭湯などとともに街から姿を消しつつある。

ちょっと前までは、商店街があれば必ず一軒はお茶屋さんがあった。

そのお茶屋さんの店頭には、蒸気機関車によく似た焙じ茶を煎(い)るための大きな機械が据えつけられていて、その煙突から一日中、焙じ茶を煎るいい匂いがあた

りに漂っていたものだった。

ぼくが小さいころ、ぼくの家ではお茶といえば焙じ茶だった。

ぼくの家ばかりでなく、住んでいた村中が焙じ茶だった。

ぼくが小学校一年のとき、一家をあげて栃木県に疎開し、ぼくは中学二年までそこで育った。

そこは武茂(むも)村という名前の、山と山の間を流れる小さな川に沿って集落があるという寒村で、どの家もお茶といえば焙じ茶だった。

村の人は何かにつけてお茶を飲む習慣があったので、ぼくは焙じ茶の香りに包まれて育ったといっても過言ではない。

ここで突然マルセル・プルーストという人を登場させてください。

彼の『失われた時を求めて』という小説の中に、主人公がマドレーヌという菓子を紅茶にひたして食べた瞬間、小さいころ育ったコンブレーという町の思い出がくっきりと甦る場面があって、ここのところだけいやに有名で、そのためぼくもそこのところだけ知っているのだが（つまり読んでいません）、ここではそのことだけを述べておいて、焙じ茶のほうに話を戻させてください。

勝手なことばかり言ってすみません。

お茶屋さんが街から姿を消しつつあるというあたりに話を戻します。

ＪＲの吉祥寺駅の近くの商店街に一軒のお茶屋さんがあります。

この店はいまもちゃんとやっていて、ちゃんと店頭に例の機関車によく似た機械が据えつけてあって、いまもちゃんとその煙突から焙じ茶の煙を吐き出している。

ぼくはときどきこの商店街を通るのだが、そのお茶屋さんが近づいてくるにつれて焙じ茶の匂いが強くなっていく。

「あー、いーなー」の思いも強くなっていく。

そうしてその店の前に立ちどまる。立ちどまって焙じ茶の匂いに包まれる。

その瞬間、小さいころ育った栃木県武茂村の思い出がくっきりと甦ってくるのです。

マルセル・プルーストの場合はマドレーヌ。

ぼくの場合は焙じ茶。

だから何なんだと言われると困るが、マルセル・プルーストの場合は味覚、ぼくの場合は嗅覚。

だから何なんだと言われると困るが、聞いた話では、嗅覚は大脳辺縁系に属していて、これは個体や種の生存にかかわる本能の部分を受け持つ旧皮質というものなのだそうだ。

味覚のほうは新皮質で、情報や経験や判断など、ちょっと小賢(こざか)しいところがあるのでぼくは好きじゃないな。

そういうわけで、立ちどまってそんなこんなして思い出にふけっているうちに、あー、一日中こんな匂いに包まれて暮らせたらどんなにいいだろう、と思うようになっていった。

そこで焙じ茶を一袋買って帰った。

これを一日中淹(い)れては飲み、淹れては飲みしていれば、一日中焙じ茶の匂いに包まれて暮らすことができる。

はずだったのだが、実際に淹れてみると、その匂いは、店の前で嗅いだ匂いの半分ぐらいしかな

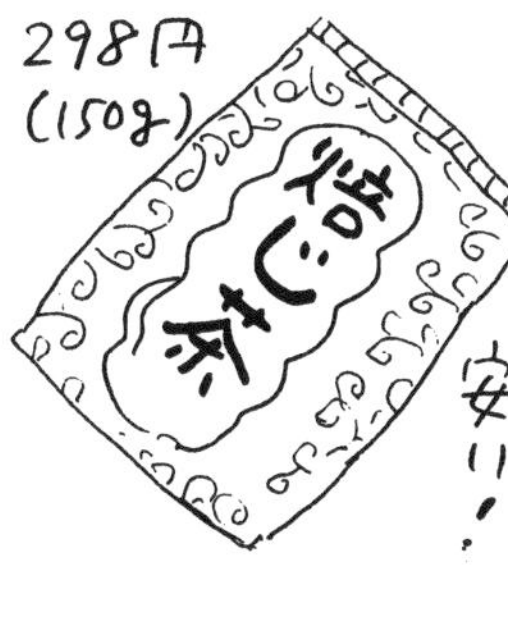

い。

やはり、あの機械は、繰り返し繰り返し焙煎していて、あの胴体の中の煙と匂いで一種の燻製状態となっているわけだから、当然匂いも強くなる。

だが、焙じ茶の匂いに包まれて暮らしたいという熱い思いは止まない。

方法は一つだけある。

あの機械を買うことである。

買って、一日中焙じ茶を煎れば、一日中、部屋中、焙じ茶の匂いに包まれることになる。

あの機械、いくらぐらいするのだろう。

いまは廃業する店が多いわけだから、中古品もかなり出回っているのではないか。

一万円とか、二万円とかなら買ってもいいな。

問題は大きさだな。場所とるな。

熱もかなり出るだろうな。

煙も出るだろうな。

仕事場に設置するとなるとベランダということになるな。

仕事場は11階だから、マンションの11階のベランダから出る煙を通行人はどう見るか、だな。

消防署も黙ってはいないだろうな。

明るい自殺①

つい先日、近所のスーパーマーケットでこういう老人を見た。

その老人は、かなりくたびれてはいるがかつては上等だったであろう上下そろいのスーツを着ていた。

その下は小ざっぱりした白いワイシャツでネクタイはしていない。

年齢は七十二、三歳だろうか。

フチなしのメガネをかけ、白髪まじりの頭はいちおう七・三に分けられている。

老人は少しヨチヨチした足どりで、スーパーマーケットの人混みの中を、人の流れと反対の方向から歩いてきた。

老人は両手に何も持っていない。

スーパーマーケットの中の人は、必ず手に何かを持っている。少くともスーパーのカゴを持っているものだ。

老人は首をまっすぐにして歩いていた。

スーパーマーケットの中の人の視線は必ず下を向いている。

商品を一つ一つ見るため、首を前に傾けているはずだ。

老人が、このスーパーマーケットをただ通過するために歩いているのではないことは、ときどきコーナーを曲がったり、また戻ったりしていることでわかる。

老人の目は何も見ていなかった。

そして、ズボンのファスナーが全開であった。

そこから白いブリーフのようなものが見えていた。

老人の服装が小ざっぱりしているということは、この老人の世話をしている家族がいることを物語っている。

この老人の毎日はどんなものなのだろう。

朝起きて、ゴハンを食べる。

もはや朝刊を読む習慣はないにちがいない。

そして家族に服装を整えてもらう。

老人はフラフラと家を出て徘徊を始める。

その日、老人は途中どこかのトイレでおしっこをしたにちがいない。

そのあとスーパーマーケットに入ったにちがいない。

おしっこをしたとき、ズボンのファスナーをしめ忘れたのだ。

でもいまのところは、ブリーフの外に出したものを、用を済ませたあとブリーフの中にしまうという意識はまだ残っている。

だが、この意識がなくなる日は近い。

少くとも一年後にはなくなっているはずだ。

そのとき彼は、ブリーフの中にしまうべきものをしまわずに、スーパーマーケットの人混みの中を歩いていくはずだ。


いま、誰もがこういう老人になる可能性がある。

あなたも、いずれスーパーマーケットの中を、ブリーフの中にしまうべきものをしまわずに歩いて行くことになるのだ。

いや、オレはならん、そんな恥さらしなことは絶対にせん、と言っても、そうなってしまったときには、当人にはモノが出ているという自覚がまるでないのだ。

いまどんな決意をしても、そんなものは何の役にも立たないことは、これまでのたくさんの事例が物語っている。

この老人は、日本人には珍しくホリの深い顔をしていた。

フチなしの上等らしいメガネ、上等らしい服装から考えれば、つい十数年前までは相当な地位にあった人なのかもしれない。

銀行の重役だったかもしれないし、文部省の高級官僚だったかもしれない。

大きなビルの大きな机にすわってハンコを押しながら、自分が十数年後、スーパーマーケットの中を、モノを出したまま徘徊している姿を想像していただろうか。

こういうふうになってしまったあとの彼の人生とは一体何なのだろう。

まだモノは出していないのに、出していることにしてしまって彼には申しわけないが、出してしまったことにして話をすすめたい。

いま彼は何のために生きているのか。

こうなったあとも、彼はさらに五年、十年、十五年と生きていくにちがいない。

その五年、十年、十五年にどういう意味があるのだろう。

男は、自分の尊厳を守るために生きている部分がかなりある。自分のエネルギーの、少くとも30%ぐらいはそのために費しているのではないだろうか。

男は、人に馬鹿にされることを嫌う。

人に疎んじられることを嫌う。

人に軽蔑されることを嫌う。

人に尊敬されることを好む。

そのために彼は精一杯の努力をしてきた。

自分のエネルギーの30%をそのために費してきたのだ。

その彼が、いまこうして、モノを出したまま人

混みの中を歩いている。（まだ出してないって）

人間は、人間としての尊厳を守って生きてこそ人間ではないのか。

恥さらし、という言葉がある。

恥さらしなことだけはしたくない、というのが誰もの願いだ。

だが、まさにこの老人はいま〝恥さらし〟のまっただ中にいるのだ。

これからの人生の毎日毎日が、恥をさらす毎日となるのだ。

この老人は、いまのところ徘徊だけのようだからまだいい。

世の中には、うんこを壁になすりつける老人とか、夜中に大声で叫びつづける老人とか、ゴミを拾ってきて家中、庭中に積みあげる老人とかもたくさんいるといわれている。

ぼくももしかすると、十数年後、一生懸命自分のうんこを壁になすりつけているかもしれない。

夜中に大声で叫んでいるかもしれない。

そうはなりたくない、そうはしないつもりだと、いまいくら言っても、こればっかりはどうにもならないのだ。

いまの自分は、将来そうなった自分を許せるのか。

許せる人はいないだろう。

自分の尊厳だけの問題ではない。

そうなってしまった自分を、介護する人たちの問題も考えなければならない。

自分の恥しらずな行為のために、周辺の人たちに大変な迷惑をかけることになる。

呆け老人を介護するほうが参ってしまって、死んでしまったという話もよく聞く。

現状では、介護は家族によって行われている。

介護というのは、一人の人生のために、もう一人の人生のほとんど全てを犠牲にすることである。

もう一人の人生を奪うことである。

そういう事例はいまや枚挙にいとまがない。

呆け老人になってしまった人の人生は、もうほとんど意味がない。

当人にとっても、もちろん意味がない。

自分がもう何者であるかさえもわからないのだから、意味を問うことさえ無駄なことだ。

周辺の人にとってももちろん意味がない。意味がないどころか迷惑そのものである。

そんな意味のないことのために、自分の人生を犠牲にするぐらいむなしいことはない。

しかしそれは仕方のないことなのだ、というのがいまの道徳律ということになっている。

はたしてそうだろうか。

高齢化社会というういままで人類が一度も経験したことのない現象に直面して、人々はいま混乱している。

設備も制度も混乱している。

そして道徳律も混乱しているのだ。

明るい自殺②

これからの人間は、二つの人生を強いられることになる。

呆けるまでの人生と、呆けてからの人生の二つである。

呆けるまでのその人と、呆けたあとのその人は別人である。

人中でモノを出さないことを信条として生きた人間と、出して平気という人間は別人間である。別人間ではあるが当人であることもまちがいない。

一番悲しいことは、前半の当人が、後半の当人に全く責任が持てないことだ。

こんな無責任な人生ってあるだろうか。

自分の人生に責任を持たない、なんてことがあっていいのだろうか。

将来、モノを出して人混みの中を歩いたり、うんこを壁になすりつけたりする自分をなんとかして阻止したい。

阻止して自分の人生に責任を持ちたい。

阻止して自分の尊厳を守りたい。

自分の尊厳は自分でしか守れないのだ。

一体どうすればいいのか。

方法は一つしかない。

自殺である。

自分の人生に責任を持つために、自分の尊厳を守るためには、呆ける前に自殺するよりほかはない。

ほんとにもう、これしか方法がないのです。

自殺……と聞いて、ホラ、あなたは急に暗い気持ちになったでしょう。

確かに自殺はあまりにも暗い。

しかし暗いのは現行の自殺……というのはヘンか、いま実際にあちこちで行われている自殺は確かに暗い。

周辺にも多大な迷惑をかける。

家族も肩身の狭い思いをする。

このどうにも暗い自殺を、なんとか明るい方向に持っていけないものだろうか。

自殺は、自分の人生に自分で結末をつけることである。結末をつけることによって、自分の人生に責任を持つことである。

自分の人生に自分で結末をつけてなんのいけないことがあろう。

自殺はむしろ崇高な行為といえるのではないか。

前半は責任持つけど後半はどうなってもしらないよ、という人生のほうがむしろ卑怯といえるのではないか。

というふうに、みんなが考えてくれるようになるととってもいい方向に向かうと思うのだが。

ま、崇高とまでは言わないが、自殺が普通のこと、としてとらえられるような時代はこないものなのだろうか。

「お向かいの田中さんのご主人、ゆうべ自殺なさったんですって」

「ああ、そろそろだと思ってたんですよ」

などという会話が、ごく普通に語られるような時代は来ないものだろうか。

そのためには、これから様々な対策が講じられなければならない。

まず自殺という言葉を改めなければならない。少くとも〝殺〟という字を取り去ることが必要だ。

自死、うん、これでも暗いな。

そういえば、昔からいい言葉があるではないか。

自決。

潔さがあるし自殺よりいくぶん明るいような気がする。

当分これでいきましょう。そのうちいい横文字なんかも考えられてくるかもしれない。

それから方法も改善されなければならない。

現行のものは、世間から認知されていないゆえに非合法にならざるをえない。

もっと明るい方法、さらに一歩進んで楽しい方法が考えられなければならない。

これだけ生きるための医学が進歩しているのだから、死ぬための医学など簡単

なはずだ。

夢みるように死ねる薬など、すぐにも開発できるはずだ。

だが、ぼくが生きているうちには、まずこういう時代は来ないだろう。

つまり間に合わないわけだ。

だから現状の中で取りうる最善の方法というのを考え出さなければならない。

なるべく周辺に迷惑をかけず、なるべく苦しまず、なるべく楽に死ねる方法はないか。

ぼくが考えたのはこうだ。

まず長年かけて睡眠薬を溜めこむ。

睡眠薬とウィスキーを用意する。

これを持って、冬、雪の降る日に樹海に行く。

樹海で死ねば人に迷惑をかけないというわけではないが、他の方法よりはその度合は少ないと思う。

睡眠薬死と凍死という二重装置を施しておけば確実に死ねるにちがいない。聞くところによれば、凍死をするときはとてもきれいな夢をみるそうだ。うっとりと、夢みるように死んでいくと言われている。

樹海に入っていく時間はやはり夕方ということになろう。午前中からというのはなんだか気が引ける。

雪の中を入っていくのだから多少の装備は必要だ。

トレッキングシューズにリュックサック。リュックの中には一人用のテント、死ぬのに充分な睡眠薬、ウィスキー一本、いや、足りないと困るから二本。

ウィスキーを飲むのだから水が必要だ。

2ℓ入りを一本、いや、二本。

ウィスキーを飲むのだから当然おつまみも要る。

そんなこと言ってる場合か、ガブガブッて飲んでさっさと死んでしまえ、と言うかもしれないが、どうせ死ぬならなるべく楽しく死にたい。

楽しく酔って、夢みるように凍死したい。

どうせ死ぬのだから、おつまみは自分の好きなものを用意したい。

まず魚肉ソーセージ、さつま揚げ各種、それからワサビ漬、それからカマボコ、カマボコは紅白そろえて持っていくのはまずい。

紅白はお祝いごとだしな。

そうそう、カマボコとワサビ漬があれば板ワサにすることもできる。

それからメザシも食べたい。ぜひ食べたい。ぼくはメザシが大好きなのだ。

そうなるとメザシを焼くコンロが必要になってくる。

アウトドア用のバーナーがあるが、あれを持っていこう。

しかし、なんだかだんだんキャンプじみてくるなあ。
刺身関係はどうか。
刺身はなんだか自殺には似合わないような気がする。
あと柿ピーとかの乾きものを何種類か用意する。
そういったものをサカナに、まずウィスキーの水わりをグイーッと飲む。
あ、でもやっぱりその前にビールをグイーッと一口飲みたいな。
ということは紙コップが要るということになる。
お箸も要る。
というようなやや宴会じみた状況になるわけだから、午前中からというのはや

はりまずい。

途中、途中で睡眠薬を飲む。

やっぱり相当寒いだろうな。

ホカロンも要るな。

死ぬのは明け方ごろだろうから、それまでは寒いより暖かいほうがいい。

明け方ごろには、体といっしょにホカロンも冷たくなっているはずだ。

あー、酔いがまわってきた。

睡眠薬も効いてきたようだ。

この酔いは、いつもの晩酌のときの酔いと変わりない。

いつも、このように酔い、このように眠くなっていき、そのまま眠りに入る。

その酔いと少しも変わらない。あした起きないということが違うだけだ。

遠くから犬の遠吠えが聞こえてくる。

生きているうちは、野犬も襲ってくることはないだろう。

あー、眠い。

とりあえずゴロリと横になることにしよう。

テントのすきまから、シンシンと降る雪が見える。


問題はいつ決行するかである。

この問題が実は一番やっかいなのだ。

まだ大丈夫、おれはまだ呆けてない、ホラこんなに判断力だってある、と、決行を先にのばしているうちに、いつのまにか呆けていたというのが一番こわい。

呆けてしまってはもう何もかもおしまいなのだ。

かといって、早まるのもいけない。
まだ十年は大丈夫なのに、
「こういうことは判断力があるうちにしないと」
と、決行してしまうということもありうる。
寸前というのが理想的だが、その寸前の判断がむずかしい。
など迷っているはずなのに、実はすでに呆けているということもありうる。

ああ疎開

ぼくは昭和十二年に生まれた。

この世代はまことにヘンな世代である。

むろん戦前派とはいえないし、戦後派ともいえない。

焼跡闇市派にも属さない。

昭和ヒトケタとフタケタに分ける考え方もあるが、これもうまく当てはまらない。

フタケタには違いないが、本物のフタケタは昭和十五年生まれ以後あたりをいっているようである。

ぼくの世代は、いってみれば境目派である。

戦前派と戦後派が、それぞれに主要テーマを主張し合っているとき、ぼくら境目派にはなにも主張することがない。

わが家が疎開したのは、栃木県の草深い田舎であった。

ここは大変な山の中だった。

部屋のすぐそばに炭焼小屋があるというところである。

冬になると猪が出没して畑を荒らした。

疎開児童は疎開先で例外なくいじめられた。

いじめられる原因はいろいろある。

疎開者は、たいてい土地の人の家に間借りをする。

間借りなどはいいほうで、わが家などは、農家の物置きに住んでいた。

たいていの農家にある、クワとか脱穀機とか、そういった農機具をしまっておく小屋である。

むろん窓もなければ天井の板もない。

そこを改造させていただいて住むのである。

改造といっても、大幅な改造は申し訳ないから、あとで修復がきく程度に改造して住む。

とても人間の住むところではない。

人間の住むところではないところに人間が住むのである。

ひっそりと静かに、うらぶれて、ひがんだ目を光らせて住んでいるのである。

土地の子どもたちは、この一家を軽蔑する。

「あんなところに住んでら」

と、思う。

そこへもってきて、疎開者の子どもは、食物がよくないから劣悪な体格をしている。

なのに疎開者の子は、土地の子より勉強ができる。

これは頭がいいとか悪いとかの問題ではなく、いわゆる教育格差というやつで、東京で中の下くらいの児童でも、田舎へ行くとたちまち優等生になってしまう。

今まで村で一番よくできた子が、たちまち二番、三番に落とされてしまう。

疎開者が、二家族も三家族も入って来ると、たちまち、三番、四番に落とされてしまう。

当然怨(うら)みを買う。

さらに、疎開児童は、疎開同士ばかりでつきあって土地の子となじまない。

これがいちばんいけなかったらしい。

これは、なじまなかったというより、迫害された者同士が、傷をなめ合うという、そういう寄りそい方をしていたのである。

昨今、外国在住の日本人は、現地の人となじまず、日本人同士ばかりで行動するので嫌われているらしいが、あれとよく似ているのである。

こういうたくさんの悪材料が重なって、疎開児童は、現地の子にいじめられた。全国各地でいじめられていた。

われわれ境目派は、このようにしていちばん大事な時期にいじめられつつ育ったのである。

いじめられ、いじけつつ育ったのである。

次の世を
　背負うべき身ぞたくましく
　　正しく伸びよ里に移りて

これは当時の皇后陛下が、全国各地に散らばる疎開児童をお励ましになるためにお作りになられた歌である。

だが、疎開児童は、「たくましく」どころか「里に移りて」次第にいじけていったのであった。

せっかく、「次の世を背負うべき身」と期待して下さったのであるが、そういう次第なので、恐らく、ぼくら境目派からは大人物は出てこないと思う。

物心ついたときに傷ついた魂は、そう簡単には癒されないのである。

そのころは傷ついた魂を、ぼくはもっぱら動物によって癒していた。

動物は今でも好きだが、そのころはとくに動物が好きだった。

わが家は全員動物好きで、犬猫のたぐいを切らしたことがなかった。

米、味噌、しょう油のたぐいはよく切らしたようだったが、動物のたぐいだけは切らさなかったようである。

ぼくのいた田舎では、動物のたぐいを飼っていない家は一軒もないといってよかった。

まずどの家でもニワトリを飼っていた。

これはペットではなく、貴重な蛋白源であるタマゴを得るためであり、タマゴを生まなくなったときには、親ドリをつぶして食べるためだった。

ぼくも最初飼ったのはニワトリだった。

これは飼った、というより飼わされたというべきだろう。

当時は、現在のような白色レグホンはそれほどいず、黄色いのや茶色いのや、シャモや名古屋コーチンなどの雑種が多かったようである。

名古屋コーチンというのは、色は茶系統が多く、たいてい太っていて、なんとなくオバさんのような感じのするニワトリである。

ぼくは最初いきなり六羽受け持たされ、この六羽の全責任を負わされた。

年若くしていきなり六人の部下を持たされた係長のようなものであった。係長のなすべきことは、食料を作って彼らに食べさせることと、ニワトリ小屋の清掃だった。

当時は配合飼料などというものはなかったから、エサはフスマと称する小麦粉のひきかすと、ヌカを水でこね合わせ、それに大根などの葉っぱのたぐいを包丁できざんでまぜ、それに貝がらをカナヅチで砕いてうんと細かくしたものをまぜるかなり手のこんだものだった。

どこの家でもこのやり方をしていたようである。

なんでもないことのようだが、これを朝晩義務づけられてやるのはなかなか大変なことである。

とくに冬の寒いときなどは、なぜか腹が立ってきて、六人の部下に辛くあたることがしばしばあった。

それからウサギも飼った。

ウサギはまったくの愛玩用で、食べるわけではない。

ウサギはオオバコとかハコベとかの野草をとってきて食べさせた。

こういう野草は春や夏はいくらでもあったが冬が困る。

ニワトリたちは、「飼わされた」せいもあってそれほど責任は感じなかったが、ウサギのほうは自分から申し出て飼うことになったのでかなりの責任を感じていた。

係長が生まれてはじめて囲った二号さんのようなものであった。

その地方は冬は雪と霜柱に畑がおおわれたので、野菜はほとんどとれないのである。

秋のあいだに、ニンジンの葉やウサギの好む野菜を干草(ほしくさ)にして保存しておいて食べさせるのだが、これがしばしば涸渇(こかつ)した。

ぼくはいまでも、

「ウサギのエサをなんとかしなくちゃ」

という夢をときどきみる。

犬を飼っている家はわりに少なかったが、猫はたいていの家で飼っていた。飼っている、といっても、現在のように家の中にかくまっているわけではなく、猫はどこの家にでも自由に出入りしており、

「あのブチはタケちゃんちのブチだ」

という場合は、そのブチは、

(主としてタケちゃんちでメシをあてがわれ寝起きをしている)

ということを意味する程度だった。

狭い村のことゆえ、どこそこで猫が生まれたという情報はすぐに全部落に伝わり、猫が欲しいという情報もすぐ伝わって猫の縁組みはすぐに決まった。

むろん、どこそこの猫の腹が大きい、という段階で縁組みの予約が成立する場合も多かった。

相場はウドン一束と決まっていた。

都会では鰹節一本が相場だったが、ここではなぜかウドンだったのである。

この部落には、

「犬はかまってやれ、猫はかまうな」

といういい伝えがあった。

「かまってやれ」というのは「遊んでやれ」という意味で、犬は遊んでもらいたがるが猫は遊んでもらいたがらない、ということを子どもたちに教えるものであるらしかった。

だがぼくはこの教えにそむき、遊んでもらいたがらない猫に、盛んにかまいつけた。

縁側でノビノビと手足をのばして眠っている猫を見ると、どうしても、
（このままほうっておくわけにはいかぬ）
と思ってしまうのである。
まず眠りこけている猫の腹のあたりをくすぐる。
なにごとならん、と、猫はビクッと首を持ちあげる。
そしてぼくのせいだ、と気づくと、
「またか」
というように、また眠りの態勢にはいる。
そこをまたコチョコチョとくすぐると、猫は、
「眠いのに、もうッ……」
というふうに起きあがり、しばらくぼくをにらみつける。
こうなればもうしめたものであるから、ぼくは指をちょうど影絵あそびのとき

の狐の形にして、さも狐がつつくように、猫の体のあちこちをつついたりつまんだりするのである。

そのうち、いやいや応戦していた猫が、だんだん本気になってくる。本気になってくると、ぼくのコブシを四本の足でかかえこんで、後足で強く蹴る。

この後足で蹴る動作が混ざってくると、猫が本気になってきた証拠なのである。かくして陽のあたる縁側で、猫と少年との半分本気半分遊びの格闘がはじまるのであった。

そして少年の手は、猫のひっかき傷でミミズ腫れになるのであった。

昭和の蠅(はえ)を懐かしむ

昭和の古老が語る。

「考えてみると私にとっての昭和は蠅(はえ)との戦いの昭和でもあった。あの頃の蠅は日本の全人口よりも圧倒的多数で、ときには敗北感に襲われることもあった。よくぞ戦い抜いたと今にして思う」

今の人には何のことかわからないと思うが、同じ昭和の古老（ぼく）にはこの述懐の意味がよーくわかる。

昭和の前半から中盤にかけて日本の蠅は全盛期を迎えていた。

蠅の黄金時代であった。

日本中で蠅が大活躍していたのである。
この事実は昭和史において忘れてはならない史実である。
なのにこの史実は昭和史において取り上げられたことはこれまで一度もない。
このことがぼくとしては残念でならない。
昭和の人々はこの圧倒的多数の敵とどう戦ったのか。
食べ物あるところ蠅あり。
まず食卓が蠅に狙われた。
食事をしていると、食卓の上にあることごとくの食べ物に、ことごとく集(たか)る。
大勢で集る。

■昭和のおとうさんが蠅を追いかけている

そう、たかると言った。

今は集るという言葉はめったに使わないが当時は毎日のように使った。

「蝿が食べ物に集る」というように、もっぱら蝿用の専門用語みたいにして使っていた。

ゴハンに集り、おかずに集り、タクアンに集った。

こうした蝿の大群の来襲に昭和の人々は蝿帳で防戦した。

そう、衆寡敵せず、戦いは常に防戦一方だったのだ。

蝿帳とは、どういうものかというと、柄のない傘のようなもので、金網でできているので風通しがよく、これを食べ物の上にかぶせて蝿に対抗した。

蝿帳はもっぱら食事前と食事後に使用され、食事中は取り払われていたので、その間隙を縫って蝿は絶え間なく食卓に襲いかかった。

この食事中の蝿に昭和の人々はどう戦ったか。

その都度、手で追い払った。

牛や馬はしっぽで蝿を追い払っていたが、人間は手で追い払っていた。

蝿は絶え間なく来襲するので、食事中ずっと手で追い払わなければならず、五人家族なら五人がこれをやるので昭和の食事はとても忙しく、せわしなく賑やかなものになっていた。

そして、食卓を囲んだみんなの頭の上には、ああ懐かしの蝿取りリボン。

蝿取りリボンというのはごきぶりホイホイをテープ化したものと考えていい。

テープの両面に強力な糊状のものが塗られていて長さ一メートル弱、これを天井からぶら下げておくと飛んできた蝿がこれにくっついてもがきながら死ぬ。

そして、ああ、これまた恥ずかしくも懐かしの蝿たたき。

これはもう、今から考えるとあまりに原始的なものなので説明するのも恥ずかしいのだが、文字どおり蝿をたたいて殺す道具で、柄の先にハガキよりやや小さめの大きさの金網が付いていて、いいですか、向こうから蝿が飛んできて畳の上にとまるとしますね、そうするとこれを右手に持って忍び寄っていって狙いを定め、エイッと打ちおろすと、狙いたがわず、蝿、バッタリと息たえて死ぬ、というような、多分原始人もそうしていたであろうと思われる方法で、昭和の人は蝿と戦っていたのだ。

当時の蝿はあまりにも身近な存在で、ときには腕にもとまったりして妙に人懐こいところもあり、敵ではあることに違いないのだが憎みきれないところがあり、あんまり邪慳にするわけにもいかないな、というようなところもあった。

そのせいか、小林一茶も、蝿を打とうとする人に、

まず出でし
大きな蝿に
目玉あり
金子兜太

病室に
置いて使はず
蝿叩
高浜年尾

「やれ打つな」

と言っている。

「蠅が手をすり足をする」

蠅を見守っているのである。

見守るというのは、子供の成長を見守る、というふうに使う言葉で、愛情あっての表現である。

蠅の全盛時代、日本では蚊も全国的に跋扈(ばっこ)していた。

権勢もふるっていた。

蠅も蚊も人間の敵という位置は同じなのだが印象はずいぶん違う。

蚊には陰険という印象がつきまとう。

陰険で陰気で卑怯で狡猾でずる賢い感じがする。

やはり人間の隙をうかがって血を吸うところが嫌われたのだろうか。

蠅には直接の害はないが蚊には血を吸われるという実害があった。

そうした蚊の印象に比べてみると蠅は陽気にさえ思えてくる。

あれでなかなか気のいい奴なんだよな、という気がしてくる。

　いっぴきの蠅にこころをつかひけり（日野草城）

江戸時代の人はたたくなと言い、昭和の人は気遣いまでしてくれる。「煩（うるさ）い」という言葉がある。

　音が煩い、とか、相手がしつこい、とかいう意味の言葉で、「煩」という字があるのだからこれ一個で十分なのに、わざわざ「五月蠅い」という字をこしらえて蠅に参加を呼びかけている。

　五月蠅のどの字が「う」にあてはまるのか「る」にあてはまるのか、そういうことを一切無

視して強引にうるさいと読ませる。
やっぱり愛情なのかな、蝿に対する。
やっぱり、懐かしいのかな、蝿が。
やっぱり懐が深かったな、昔の日本人は。

行って楽しむ行楽弁当

いよいよ行楽の秋。

と言われると、

「そうかぁ、行楽の秋かぁ」

と口に出して言い、思わず両手を高く差し上げて背伸びのようなことをすることになる。

解放感、というのかな、そういう響きが〝行楽の秋〟にはある。

行楽の秋、と聞いて急にうなだれ、しょんぼりする人は少ない。

楽しそうなイメージがあるんですね、行楽の秋には。

なにしろ〝行〟、そして〝楽〟、ちゃんと楽という字が入っている。

とりあえずどこかに行く、行って楽しむ。

高尾山、なんて場所が頭に浮かぶ。

ま、どこだっていいのだが、手近なところで高尾山。

高尾山といえばケーブルカー。

眼下に紅葉、見渡せば山々の連なり。

目の前を赤トンボなんかにスイーッと飛んでもらってもいいな。

やがて頂上。

とくれば弁当。

朝、家を出て電車に乗って高尾山口駅に着き、ケーブルカーに乗って山道を歩いて頂上に至るとちょうどごはんどきになる。

で、弁当。

行楽弁当というものはこういうときのためにある。

駅弁などは、買ってきて家で食べても駅弁だが、行楽弁当は家で食べると行楽弁当にならない。

家の近くの公園で食べても行楽弁当にはならない。

行楽弁当には距離が必要なのだ。

距離と景色。

高尾山の頂上の、見晴らしのよいベンチにすわって行楽弁当を開く。

見はるかす錦繍（きんしゅう）の山々。

足元にススキ、コスモス、彼岸花。

見上げれば澄みきった秋空、白い雲。

そこんところへ、さっきの赤トンボに飛んでき

見ただけで楽しげな
行楽弁当！

てもらってもいいな。

このときの行楽弁当は、ちょっと奮発してデパートで買ってきた2000円ぐらいのやつにしたい。

そいつの包みを開く。なにしろ2000円だから豪華、色とりどり、おかずいっぱい。

ふつうの弁当ではめったにお目にかからない鴨肉なんかも入っているし、鮑（あわび）らしきものも入ってるし、松茸、の形をしたカマボコなんかも入っている。

いきなり箸をつけたりしません、ひととおりじっくり見ます、2000円だと。

山頂で食べる行楽弁当の良さは、ゆったり落ちついて食べられるところにある。

これがもし花見弁当だったら少し忙しくなる。

時には花を見上げなければならないし、誰かの歌に手拍子も打たなければならない。

なにしろ手拍子であるからそのつど箸を置かなければならない。
野球見物のときの弁当は、弁当も気になるが眼前の野球も気になる。
芝居見物のときの幕の内弁当も同様。
駅弁なら落ちついて食べられるかというと窓外の景色が気になる。
しかもその景色が、目まぐるしいスピードで移り変わる。
その点、山頂での行楽弁当は、心静かに弁当と向き合って食べることができる。
なにしろ景色が変わらない。
何べん見ても変わらない。
何べん見ても、さっき見た景色がそのままそこにある。

だから弁当に専念することができる。

まず弁当全体をじっくり見る。

そして全体の位置を正す。

持ち歩いて寄っているところを定位置に戻す。

牛肉が何枚か重なって入っていて、よじれているのがあれば正し、ついでに何枚あるか数える。

ゴハンにイクラがかかっていて、まばらなところと密度の濃いところがあれば、箸の先で平均にならす。

昆布を干ぴょうで巻いた昆布巻きがあれば、取りあげて中をのぞき、

「鰊(にしん)入ってるな」

と確認する。

コンビニ弁当なら、こうした一連の行為は絶対にしないのだが、山頂における

行楽弁当である、ということと2000円である、ということでこうなる。
オープニングセレモニー終了。
まず定番の椎茸の煮たのあたりからいく。
つまみあげてじっくり見る。
「上手に切るものだなあ」
と、十文字の切り込みにしみじみ感心する。
そのあと、こんどは引っくり返して裏も見る。
椎茸の裏はヒダヒダになっているのは誰だって知っている。
だけど見る。
その気持ちはわからないでもない。
弁当にはニンジンを花形に切ったのや、レンコ

ンやゴボウの煮たのも入っているのだが、これらのものは引っくり返して見たりしない。裏も表も同じだからである。

椎茸だけは裏と表がはっきり違う。

そのあたりのところに、彼が裏を見ようとした動機がひそんでいるようにぼくには思える（彼って誰のことだかよくわからないが）。

紅白のカマボコがあるが、これは紅から食べるか、白から食べるか。

どっちにしようかな。神様のいうとおり。

あ、こんなところにギンナン。

あ、こんなところに栗。

あ、あんなところに鬼あざみ。

あ、さっきの赤トンボ。

あ、秋風。

いつのまにか箸が止まっている。

寂しいのはお好き？

定年後、世捨て人のすすめ①

これから孤独の時代がやってくる。
わたしは予言する。
これから大孤独の時代がやってくる。
人類はこれまで、大航海の時代を経験した。
活気のある時代だった。
希望にあふれた時代だった。
それゆえ人々は、航海の上に大の字をつけて大航海の時代と呼んだ。
これからやってくる孤独の時代もまた、あまりに大きな孤独ゆえに、わたしはこれを大孤独の時代と名づけざるをえなかったのだ。

「２０２５年問題」というのがある。

この年、団塊の世代がすべて75歳以上になる。

75歳は、いきなりという言い方はヘンだが、いきなり後期高齢者である。

日本では65歳から74歳までを前期高齢者と呼ぶ慣(なら)わしがある。

そういう手順になっている。

日本国内には、こうした前期高齢者があふれかえっていて、すでに手いっぱいになっているというのに、どこにどうひそんでいたのか75歳の群れがドドッと加わることになる。

なにしろ75歳であるから、ドドッというような勢いのある動きではなく、ヨロヨロっというか、ヘナヘナっと押し寄せてくるのだ。

押し寄せてくるほうもツライだろうが、押し寄せられるほうももとよりヨタヨタであるからもっとツライ。

ヨロヨロ対ヨタヨタ。

押し寄せてくるヨロヘナ軍団の大半は元サラリーマンである。

サラリーマンというのは一つの群れである。

群れで決断し、群れで行動する。

群れの中にいると安心し、群れから離れると不安になる。

一人で決断し、一人で行動することに慣れていない。

22歳でサラリーマンとなったとして、そのあとおよそ40年間群れの中で生きてきた。

それが突然、定年制度によって群れから追い払われる。

テレビのドキュメント番組などで、ケガを負って人間の手で数年間飼われていた鹿が傷癒えて密林の中に戻される場面がある。

檻の扉を開けられても、鹿はどこへどう行ったらよいかわからない。

定年直後のサラリーマンはまさにあの鹿である。

会社一筋でやってきた人生を、これから、きょう、今から、自分一筋に切り替えなければならない。

周辺を見渡せば、子供たちはすでに独立して家にはいない。

家にいるのは妻一人。

テレビをつけてみる。

ドラマをやっている。

サラリーマンの主人公が、定年になったとたん、妻から離婚届を突きつけられるというドラマである。

ほうらみなさい。早くも孤独に突き当たったではありませんか。
あなたはこれまでずっと孤独と隣合わせで生きてきたのです。
そのことに気がつかなかっただけなのです。
ウーム、孤独ねえ……。
だけど孤独なあ……。
孤独死ってのもあるしなあ。
あれだけは何とかして避けたいなあ。
いいじゃないですか、孤独死。
人間、生まれてくるときも一人。
死ぬときも一人。

そりゃあ死ぬとき、いっしょに死んでくれる人がいれば少しは心強いかもしれないが、どう考えてもそれはムリ。

それともなんですか、死ぬとき、周りをいろんな人に取り囲まれ、見守られながら死んでいきたい、こうおっしゃるんですか。

ぼくだったら恥ずかしいなあ、自分がこれから死んでいく一部始終を大勢の人がじーっと見守っているなんて。

死んでいくわけだから、こっちはベッドに仰向けに寝てるわけですよね、で息はゼイゼイして多分苦しがっている。

そのベッドを取り囲んだ人々が、上から見下ろしていて、今か、今か、と見守っているなかを死んでいくのって、何だか恥ずかしいなあ。極(き)まりわるいなあ。

死んでいくときって、多分、もう意識はほとんどなくなっていて、あたりも暗くなって何も見えなくなっていて、励ましの声なども全然聞こえなくなっているはずだから、自分の周辺に人がいてもいなくても同じことなんじゃないかな。

咳をしても一人。

息をしても一人。

死ぬときも一人。

孤独ってとかく嫌われがちですよね。

孤独は避けたい、とか、孤独から遠いところにいたい、とか、あ、それから孤独に陥（おちい）るって言いますよね、陥るって、救いのない状況に落ちこむことですよね。

孤独って良くないことなのでしょうか。

孤独って疎（うと）まれるものなのでしょうか。

孤独の巨匠ショーペンハウエルはこう言っています。

「早くから孤独になじみ、まして孤独を愛するところまできた人は金鉱を手に入れたようなものだ」

孤独は遠ざけようとする人と、引き寄せようとする人がいます。

昔は世捨て人というのがいた。

世俗との縁をいっさい断ち切って人里離れた山中に庵を結んで暮らす。

鴨長明がそうだったし吉田兼好もそうだったし西行もそうだった。

松尾芭蕉もある意味、移動する世捨て人と言えるかもしれない。つまり住所不定。

ここで急に思いついたのだが、世捨て人を単なる呼称としてではなく、制度として取り入れるというのはどうでしょうか。

戸籍上も「世捨て人」とする。

話は飛ぶが、ぼくは大学受験のとき、一年間浪人をした。

浪人というのは高校生でもないし大学生でもない。

では何なのか、と問われると答えようがなかった。

はっきりした所属がない不安。

学生のようなもの、としか言いようがない戸惑い。

ここで改めて、定年後のサラリーマンに問う。

あなたたちは何なのか。ただの無職でいいのか。

あ、うろたえてますね、エト、エトとか言ってますね。

しっぽを追う猫のようにグルグル回っている人もいますね。

とりあえず「世捨て人」というのはどうでしょうか。

そのうち英語かなんかでかっこいいネーミングを考えてもらうとして、とりあえず「世捨て人」。

役所に行けば戸籍課のところにちゃんと「世捨て人課」があって、名刺の肩書きのところにも「世捨て人」と書くことができる。

そのうちバッジもできてきて、妊婦の人の「マタニティマーク」みたいに胸のところにつけるようになる。

和英辞書を見ると、「世捨て人」はちゃんと出ていてｓｏｌｉｔａｒｙ（隠遁者）とある。

うん、これならバッジのデザインとしてうまく収まりそうだ。

名刺を渡しても、

「ホー、ソリタリーしてるんですか」

とサマになるし、居酒屋でも、

「ソリタリーさん一名」

と店内が明るくなる。

ソリタリー
山田甲一郎

寂しいのはお好き？

定年後、世捨て人のすすめ②

昔の世捨て人に対する世間の人の評価は高かった。

鴨長明とか吉田兼好とか西行とか、世捨て人の有名人がたくさんいたし、とりあえず高潔の人という評価を得た。

高潔で孤高で清廉で無欲無心。

何しろ世俗と一切の縁を断ち切って人里離れた山奥に庵を結んで暮らすわけだから相当な決心が要ったと思う。

衣食住で言えば、衣は夏冬一着きり、住は多分二畳一間、食は……そういえば食はどうしていたのだろう。

当時のことゆえ近所にコンビニはないし、商家があったとしても電子レンジでチン、というわけにはいかないし、世捨て人の人、隠遁の人たちは食生活をどうしていたのだろう。

グアム島の横井さんあたりならば、そのへんのことは蛇やトカゲを捕えたりしてうまくやっていたようだが、鴨さんや吉田さんあたりになるとそういうわけにもいかないだろう。

そういうふうに考えると、現代の世捨て人はずいぶんラクなのではないか。

多少でも年金はあるし、医療制度も一応あるし、コンビニはあるし、問題は住だが、これだって在宅隠遁という手がある。

現に在宅隠遁を実行している人もたくさんいる。

引き籠りの人たちはまさに在宅隠遁を行っているわけだから、何ならその道の先輩たちにそのコツを教わっておいたほうがいいかもしれない。

かくして定年サラリーマンたちの前途は開けた。

洋々と開けた。

ここから先は世捨て人（ソリタリー）として生きていくのだ。

長らく空白だった名刺の肩書きのところに、堂々と「ｓｏｌｉｔａｒｙ」と書いて生きていくのだ。

環境は整った。

問題は心中である。

世捨て人としての心構えはできているのか。

孤独、だいじょうぶか。

これから先、孤独でやっていけるのか。

ここで先述のショーペンハウエルの言葉を思い出そう。

思い出して、孤独への旅立ちの供養としよう、じゃなかった励ましの言葉としよう。

「孤独を愛する人は……金鉱を手に入れたようなものだ」

どう考えても、孤独は嫌うより愛したほうが得じゃないですか。

何しろ金鉱、年金の比じゃないじゃないですか。

そしてですね、いざというとき孤独は頼りになる。

孤独の反意語は絆。

昨今、絆がもてはやされているが絆ぐらい頼りにならないものはない。

絆の糸はいずれ切れる。

孤独の糸は自分と結ばれているので生きている限り切れることはない。

孤独とは何か。

孤独とは「自分自身が身体の隅々まで行き渡っている状態」のことを言う、のだと思う。

ふだんの自分は自分自身が身体の隅々まで行き渡っていない。

孤独になったとき初めて自分が全身に行き渡る。

ある日一日、人と交き合い、人と会話し、人にまみれ、そういう一日を過して帰宅してコートを脱いだとき、何か心からホッとすることってありませんか。

ほらね、やっぱりね、孤独のほうが好きなんです、あなたは。

でも実際に「きょうから世捨て人開始」という日、その日一日を、具体的に、どんなふうに過したらいいのか。

その次の日、更に次の日、どういう一日になるのだろうか。

こういうときモデルがいると助かる。

実際にこういう人がいて、この人は世捨て人としての一日一日をこういうふうに過していました、けっこう楽しそうですよ、理想的な世捨て人生活といってもいいんじゃないですか、という人。

ぼくは一人、知っています。
山崎方代(ほうだい)という人です。

あんまり有名な人ではないんですが歌人です。歌集も出しています（『こんなもんじゃ』文藝春秋）。

大正三年生まれ、昭和十六年召集により陸軍入隊、翌年一等兵、十八年、戦闘で砲弾片を浴びて右目失明、二十一年帰国、十代から始めていた作歌再開、靴修理、農作業手伝いなどで何とか生計を立てる。

良き理解者がいて、その人の敷地内に四畳半のプレハブ小屋を建ててもらい、そこが終の住処となる。昭和六十年没。生涯独身。

という人なのですが、まさに世捨て人。

どんな歌を詠んでいたか。

卓袱台（ちゃぶだい）の上の土瓶に心中を
うちあけてより楽になりたり

方代さんはこの日、何かこらえかねるようなことがあったのでしょう。
でも方代さんは世捨て人です。
全日本世捨て人代表のような人ですから、つらいことを打ちあける相手はいない。
そこで土瓶に心中をうちあけるわけです。
多分深夜でしょう。
土瓶にこっちを向かせ、前かがみになって、ボソボソと、しかし真剣に打ちあけています。

そうなれば土瓶だってときどき頷いたりしながら真剣に聞くことになります。

何よりよかったのは、そのあと楽になった、ということ。

すっかり楽になって、ヤレヤレなんて言いながら眠りについたことでしょう。

どうです？　世捨て人生活、なかなかわるくないじゃないか、と思ったんじゃないですか。

手のひらに豆腐をのせていそいそと
いつもの角を曲りて帰る

いそいそと、というところに楽しさを感じる。

豆腐に対する愛情を感じる。豆腐にだって愛情をそそごうと思えばそそげることがこの歌によってわかる。

一人もんの気楽さも伝わってくる。

こんなにも湯呑茶碗はあたたかく
しどろもどろに吾はおるなり

こんなにも、詩人というものは筋が通らないものなのですね。

常識人としての筋が、この短歌のどこにも見えないのだが、何だかよくわからない一本の筋がほの見える。

こういう感性は、いったん世を捨てないと芽生えないような気がする。

箸をもて茶碗のへりを鳴らしおる

日の暮れどきの男ごころは

気楽は気楽だが最後に身のひきしまる一首。

ゆくところ迄ゆく覚悟あり夜おそく

けものの皮にしめりをくるる

インタビュー・85歳のヨタ話

健康について

この本の冒頭で、パンツを叱っていた東海林さん。最近、ケシカランと思うことはありましたか？

パンツはね、膝が痛くて、今はもう立ったままはくのは無理です。座って、安全にはくようにしてますね。医者からは、もう膝とか腰はよくはならない年齢だと言われています。

ちょっと前まではできていたけど今はなかなか難しいってことは、いっぱいありますよ。散歩するのだって、1、2年前までは1時間ぐらい続けて歩けたけど、今はもう30分で疲れちゃう。

それでも、毎日必ず30分は外を歩くようにしています。

あとは、ジムにあるような健康器具をテレビショッピングで買って、部屋に置いてるから、それでときどき体を動かすぐらいですかね。一台で20種類ぐらいのトレーニングができるやつ。

大きな病気はというと、2015年に肝細胞がんで42日間入院しました。3か月に1回、定期検査も受けていて、今は調子はいいです。何検査って言いましたっけ、あの大きな筒に入る……、そうそうCTスキャン(笑)。それもやって。肝臓の数値も安定してきて、がんになる以前より数値がよくなってるみたい。

退院後はお酒を控えてノンアルビールを飲んでたけど、今ではビールも飲んでます。それでも、日に2缶ぐらいですけどね。

死について

健康には気を遣っている様子ですが、死について考えることはありますか？

死ぬことについての感覚は、もう若い頃とは全然変わりましたね。もし30代でがんになったら、また違った思いがあったと思うんですけど、今回がんになったときも、もう全然、「いつ死んでもいいなあ」っていう思いはありましたね。やりたいこともやったし。何かやらなければならない大きな目標があるわけでもないし。

そろそろいいかなって（笑）。

テレビについて

テレビショッピング好きな東海林さんですが、トレーニング器具の他に最近買ったものは？

テレビショッピングは今でも好きですね。

昔はシークレットブーツとか、ぶら下がり健康器とか、そういう、お店で買うのはちょっと恥ずかしいものを買うって感じだったけど、今は靴とかシャツとか。今つけている腕時計もそうです。

ぼくの場合はいつもファックスで注文するんだけど、注文してから届くまでにだいたい1週間ぐらいかかるんですね。その、待ってるときが楽しい。普段、なかなか人からプレゼントされる機会もないですから。「何かが届く」という喜びがあります。

楽しみといえば、あとは、シーズン中ならメジャーリーグですね。今なら、大谷翔平さんとか。

日本の野球と、レベルがまるっきり違うんですよね。スピード感とか、ダイナミズムとか。あれは毎日楽しみで、朝8時からとか、楽しみに見てます。

いつも思うのは、バッターが内野ゴロを打つでしょ。それで野手がふつうに取って投げると、ほとんどの場合、アウトかセーフかギリギリなんですよね。ゆうゆうセーフとかアウトっていうのがない。それだけ野手の肩も強いし、ランナーも足が速いということですよね。もともと彼らの体型を基準にして作られたゲームだからね。

野球について

野球といえば、東海林さんはプレーをするのも好きでしたよね。

71歳までは現役だったんですよ、草野球。だから引退して、もう14年になりますかね。基本のチームは「真砂（まさご）」っていう居酒屋で結成したチームで、あとは早稲田の漫研OBのチーム、それと最後に作ったのが、「ニート」っていうチーム。それは、ウィークデーでもできる人を集

通算500本安打を記念してチームメイトが作ってくれた選手カード

めたから、ニート（笑）。全然野球をやったことない人たちも、おばさんもいたし、たいへんでしたよ。今でも「ニート」はあるはずです。

その3つに入っていたから、当時は週に1回どころの話じゃないですよ。年間2回合宿にも行ってましたからね。グァム島合宿とか、小笠原合宿とか。いやぁもう、楽しみでしたね。1泊2日で3試合やったり。グァムに行ったときも、観光はまったく行かずに野球ばっかりやってましたからね。

ぼくのチームは実力主義ではなくて年功序列でポジションも打順も決めていて、ぼくは1番・ショートでした。一番多く打席に立てるから1番（笑）。

野球は、今でも本当はやりたいんですけどね。やりたくてしょうがないけど、もう肉体的に、事実上無理ですね。

楽しみについて

年を重ねると、できないことも増えると思いますが、そんななかでも、楽しみにしていることはありますか？

面白いことは、いくらでもありますよね。

たとえば、欠伸一つとったって、面白がろうと思えばけっこう面白がれる。ぼくは、欠伸もそうだけど、白湯をテーマにエッセイを1本書いたこともありますからね（笑）。

毎日30分歩くのも、健康のためでもあるけど、好奇心のためでもある。

わざと毎日違うコースを歩くようにしてるんです。それで、道路工事で大きな穴を掘っていたりすると、いい大人なのに、わざわざ近くまで寄って行って覗き込んじゃう。

面白いんですよ。こう、普段は見られない地下の構造とかね。一番上のコンクリートから下へ向かって層になっていて、「あ、こういうふうになってるんだ」とか。それで、中には人が入ってたりするでしょ。

大人になると、みんなそんなんどうでもいいと思うんだろうけど、今でもやっぱり見ますね。飽きないですよ。

老いと好奇心について

一般的には、年をとると好奇心も衰えていく印象ですが、好奇心が衰えることはありませんか？

それは、今も昔も、全然変わらないですね。「どうしたらそんなふうに面白がって生きられるのか」と質問されることがあるけど、天性じゃないかと思うんですね。「好奇心を強くしよう」とか思ってもなかなかできるもんじゃないんじゃないですか。

ああ、でもみんな、小さい頃は好奇心はいっぱいあったわけだから……。ぼくの場合は、その頃から今になっても、変わりがないんですね。

やっぱり、「年をとっても楽しく生きられるか」という問題になると、好奇心は重要だと思いますよ。

ぼくは近所のスナックによく行くんですけど、来ているのは、みんな80代とか同世代の人たち。とっくに定年退職しちゃってて、みんなもう、困ってますね。朝起きて、「今日は何しようか」って、やることがないと。

だからね、話が合わないんですよ。それでね、話がつまらない（笑）。

未来がないんですよね、あの人たちの話には。ほとんど昔の話だし、現代の事件とか政治に対する考えを話しても、なんかズレてる気がして……。みんなああなっちゃうのかなぁって。

ぼくは今も週刊誌の連載を続けてますけど、「続けられる」っていうのは生きるうえでのポイントになるんじゃないかと思ってるんですよ。それにはやっぱり、好奇心ですよね。だいたい年をとればとるほど好奇心もなくなるでしょ。「世の中ってこういうものなんだ」って。

だけど、常識的なものの考え方をちょっとずらすだけで、なんでも面白く見えるんですよね。ものの見方ひとつで、まったく変わってくる。

それこそ、散歩の途中で見る道路工事だって面白いわけだから。ぼくは、発展性のない、話す前から結末のわかる老人の話を聞くよりは、工事現場を見てるほうがよっぽど楽しいですね（笑）。

執筆・制作について

週刊誌などでまんが2本とエッセイ2本、超長寿連載を続けていますが、たいへんじゃないですか？

描くことがつらいとか、モチベーションがなくなるとかは、ぼくにはありえないですね。やっぱり好きなんでしょう。よく聞かれるんですよ、そういうこと。でも、そういう質問自体があんまりピンとこない。

アイデアがなくなることもないですね。いつも、何か思いつくとアイデア帳に描きためていて、そのアイデア帳は、もう673冊目になります。実際にまんがを描く当日は、そこに描きためた断片的なもの、途中のものを仕上げるだけなんで、アイデアに困るってことはぼくの場合そうないんですね。

描き続けているアイデア帳は673冊に達した

テレビをつけながら仕事をしてますけど、アイデアの段階ではまだつけません。で、まんがの場合、もう絵を描く段階とかになるとだいたいつけてますね。描き始めるときには、もう頭の中で完成形ができているから、テレビを見ながらでも描ける。

　文章の場合は、もう少しライブ感があるというか、書いているうちに内容が別の方向に走っていくことが、多少はあります。

食べ物について

連載といえば、『週刊朝日』で続いている「あれも食いたいこれも食いたい」が相変わらず人気ですね。

食べ物はね、最近あんまり、おいしいものを食べようと意気込むこともなくて。食事はたいていコンビニで買ったものをレンジでチンして食べてます。今はコンビニの冷凍ものも、種類が豊富で飽きないですよ。なんでもありますからね、うどんとかチャーハン、コロッケとか。

スマホ・パソコンについて

まんがの世界もデジタル全盛ですが、東海林さんはスマホやパソコンは使いますか?

ぼくはスマホは持ってないんです。ガラケーは持ってますけど。タブレットは持っています。もう、タブレットはしょっちゅう使いますね。まんがの場合は絵が必要ですよね。その資料を、タブレットで探す。たとえば、冷蔵庫だって「今はこういう形なのか」とか。

前は「略画事典」なんていうのを使ってたんですけど、今はもう必要ないですね。仕事場にもいまだに「動物事典」とか色んな事典がありますけど、そういうのは一切使わなくなった。

でも一方で、ぼくはいまだに原稿用紙に鉛筆で原稿を書いてます。もうそういう人はほとんどいないみたいですね。

若い世代に

「好奇心のない老人になってしまうと、つまらない」と。それでは最後に、若者に何かメッセージはありますか。

それはね、あんまり考えてる余裕がないね（笑）。だから、言いようがないかな。「若い人へのメッセージ」っていうのも、やっぱり老人の考え方というか、もう引退した人の考えそうなことですよね。

でもまあ、やっぱり好奇心がなくなっちゃうと、世の中本当につまんないことになっちゃうよね。若いときは仕事もあって、その仕事が楽しいであろうからそれでいいんだけど、どれだけ好奇心を持っていられるかの差で、年をとってからは、生き方自体にも大きな差が出てくる。

だから今ね、ぼくの同窓生から電話がかかってきても、会う前から「だいたいこういう話だろう」とわかるから、会いたくないいんです（笑）。

でも、かわいそうですよね。定年になって仕事をやめるというのは。ある日突然、ばったりとやることがなくなるんだから。

あと、好奇心と同時に、ユーモアですね。ユーモアっていうのは価値観なんです。「ユーモアっていう世界から物事を見るとこうなる」という。それはまた、余裕でもあるし。好奇心とユーモア、すごく大事だと思うな、人生を楽しく過ごすためにはね。

だから、好奇心とユーモア、あとは引退しないで続けられる何かがあるといいんでしょうね。

［初出］

- 「見るもの聞くもの、腹の立つことばかり」――『誰だってズルしたい！』（2004年11月）
- 「水分を小まめに」――『バナナの丸かじり』（2018年11月）
- 「懐かしきかな“昭和の音”」――『干し芋の丸かじり』（2021年11月）
- 「ニュースタイルお節」――『レバ刺しの丸かじり』（2012年12月）
- 「『序で』の力」――『目玉焼きの丸かじり』（2014年10月）
- 「相田みつを大研究　名言を量産したっていいじゃないか、書けるんだもの」――『さらば東京タワー』（2012年9月）
- 「頭のふりかけ購入記　薄毛はモウこわくない」――『さらば東京タワー』（2012年9月）
- 「葛湯の実力」――『パンダの丸かじり』（2020年11月）
- 「遠ざかる青春　懐かしき早稲田の街を歩いてみれば」――『オッパイ入門』（2018年1月）
- 「焙じ茶をめぐる冒険」――『レバ刺しの丸かじり』（2012年12月）
- 「明るい自殺」――『とんかつ奇々怪々』（2000年6月）
- 「ああ疎開」――『ショージ君の青春記』（1976年1月）
- 「昭和の蠅を懐かしむ」――『干し芋の丸かじり』（2021年11月）
- 「行って楽しむ行楽弁当」――『目玉焼きの丸かじり』（2014年10月）
- 「寂しいのはお好き？　定年後、世捨て人のすすめ」――『オッパイ入門』（2018年1月）
- 「インタビュー・85歳のヨタ話」――語り下ろし

東海林さだお　しょうじ・さだお

1937年、東京都生まれ。漫画家、エッセイスト。早稲田大学第一文学部露文専修中退。70年『タンマ君』『新漫画文学全集』で文藝春秋漫画賞、95年『ブタの丸かじり』で講談社エッセイ賞受賞。97年菊池寛賞受賞。2000年紫綬褒章受章。01年『アサッテ君』で日本漫画家協会賞大賞受賞。11年旭日小綬章受章。『ひとり酒の時間イイネ！』『ゴハンですよ』『貧乏大好き ビンボー恐るるに足らず』（すべてだいわ文庫）など、著書多数。

ショージ君、85歳。
老いてなお、ケシカランことばかり

2023年1月20日　第1刷発行

著　者　東海林さだお
発行者　佐藤 靖
発行所　大和書房
東京都文京区関口1-33-4
電話03-3203-4511
本文印刷　信毎書籍印刷
カバー印刷　歩プロセス
製本　小泉製本

校正　ツタヤノブコ
編集　中山淳也

ISBN978-4-479-01227-6

https://www.daiwashobo.co.jp

東海林さだおのだいわ文庫

東海林さだお

自炊（ソロメシ）大好き

ショージ君による、自炊や、家で食べるご飯のひと工夫をテーマにした選りすぐりのエッセイ集。B級グルメの金字塔！

800円

定価は本体価格です。

東海林さだおのだいわ文庫

東海林さだお

貧乏（ビンボー）大好き

ビンボー恐るるに足らず

安くておいしいグルメ、青春時代の思い出の食事、高級店へのねたみなど、“貧乏めし”についてのエッセイを1冊にまとめました。

800円

定価は本体価格です。